coleção
rosa manga

ANNE B.
A HORA MAIS PACÍFICA

Beatriz Aquino

ANNE B.
A HORA MAIS PACÍFICA

1ª edição, novembro de 2021, São Paulo

LARANJA ● ORIGINAL

Sobre a iminência das horas:
"*Entre os bacongos do estuário do Zaire, a palavra para sol é Tangu. Uma palavra que para eles significa tempo. Tempo presente, hora, ocasião, tempo favorável. Momento preciso. Assim, quando um bacongo precisa saber que horas são, ele pergunta: Que sol é?*"

Darcy Ribeiro

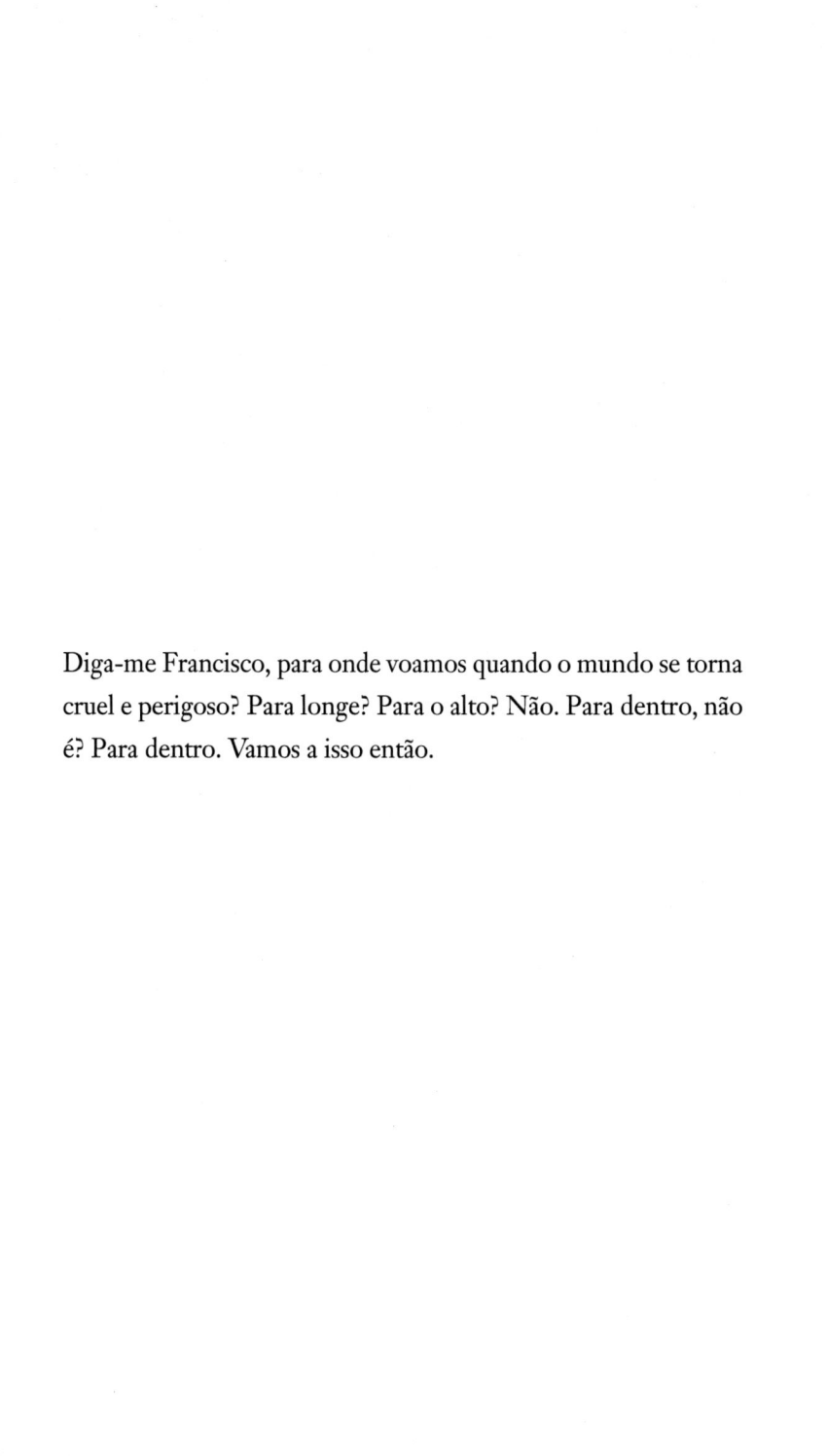

Diga-me Francisco, para onde voamos quando o mundo se torna cruel e perigoso? Para longe? Para o alto? Não. Para dentro, não é? Para dentro. Vamos a isso então.

Lisboa, outubro de 2020

Começo dizendo que essa é a verdade. Mas não te assustes. É apenas a minha verdade. Nada mais. Toda ela contida nisso que chamo de uma longa carta para ti. Adianto que estou bem. Melhorando, como dizem. Mais lúcida e serena. É o que dizem. E é o que sinto depois de tudo o que aconteceu. O fato é que mesmo assim, ainda assim, sinto a necessidade de fazer contato. De falar contigo. De te contar o que tenho feito. O que tenho pensado. Na verdade, mais o que tenho feito, pois tenho evitado pensar muito. O subconsciente é algo de todo delicado e potente. Então tenho visto e tocado tudo com grande aceitação. Uma aceitação absurda para uma personalidade como a minha. Mas venho aceitando tudo sim. Acomodando tudo. As coisas vão aos poucos recuperando o sabor e eu abraço tudo com paz. Aliás, é isso a existência? Digo, a existência após a morte? Porque tu sabes que eu morri, que nós morremos após toda aquela confusão. E agora estamos aqui, em algum lugar do limbo de nós mesmos. Eu, circunspecta até os ossos. Leve e magra como uma fada. Mas com a alma pesando uma tonelada.

Descobri que o cotidiano, a vida prática, é como uma âncora, Francisco. Nos faz aterrar os pensamentos, simplificar o gesto. Nada de grandes mergulhos nem grandes voos. Nada. Tudo no aqui e no agora. Levantar pela manhã, lavar o rosto, comprar o pão, fazer o café. Café não, chá. Nada de grandes estímulos. Depois, inventar algo bom pra dar sentido ao dia. Mas olha, não é triste não. É bom. A normalidade, a ilusão de que o prosaico nos basta nos dá um tempo que nunca tivemos. Nos tira a bomba relógio do peito, sabe? Ficamos mais atentos ao presente. É bom. Sim. Os dias simples são bons. Só é chato o gosto que deixam na boca. Que é o mesmo que gosto nenhum. Mas à noite se dorme. Um sono pesado e que não é teu, que é emprestado, mas se dorme. Paz, né Francisco? Paz.

Mas olha, estou bem. Depois que melhorei e saí daquele lugar - lugar aliás onde as pessoas mal sabiam de onde vim. É tão fácil assimilar rostos e sotaques. Me deram nomes e títulos e anamneses. Mas até hoje não me decifraram. E eu sigo incógnita para os outros e para mim mesma. Quando saí daquele lugar, decidi me mudar pra Portugal. Tua terra é tão bonita e tão generosa em cores. Eu passeio por essas alamedas estreitas com suas casas encantadoras e também perambulo ao sol do meio-dia por essas praias longas. O azul daqui é tão azul que assusta. Mas é bonito. E imagino o menino que foste andando por aí. Eras tão bonito quando pequeno. Eu sei que eras. Tão robusto e tão cheio de vida. Tão cercado de amor. Foste muito esperado pelos teus. É bom isso. Deve ser bom nascer assim tão cercado de cores e carrosséis. Boas lembranças no peito. Cores. Eu busco esse menino, sabe? Busco a inocência dele para quem sabe assim resgatar a minha. Ou ganhar uma. Pois acho que nunca tive. Nunca tive. Ando muito tocada por tudo isso. Por esse amor que cresce de mim para ti sem medo e sem patologia. Como se fosse apenas uma homenagem. Observar a tua existência, traçar o mapa da tua vida é como viver em ti. Refazer a tua história é como andar sobre ti. É como deslizar pela tua pele e me alojar em algum lugar do teu corpo. Nadar até o fundo da tua alma e sentir o teu cheiro mais ameno, o teu gosto mais doce e mais primitivo. E descobrir os teus sentimentos mais profundos.

Mas isso, e também essa coisa de te observar em diuturno, não é bom. Assim me disse a terapeuta. Ah é... agora faço terapia. Coisa pra vida inteira, me informaram. Vivo monitorada, Francisco. Análise de dia, comédias românticas na TV à noite, caminhadas à tarde, exercícios pela manhã. Tudo pra não cair naquele vão de mim mesma, naquelas frestas que existem dentro de nós onde tropeçamos os pés cegos e cansados e nos afogamos no oceano de intensidade que somos. Não. Nada disso. Agora tudo calma e refazimento. Paz. Sabemos o risco que somos.

Agora mesmo enquanto toco o teclado, o mesmo onde tu depositaste toda tua fúria falando sobre o teu amor por mim, agora mesmo ao sentir a textura, a pressão e a temperatura das teclas, eu sinto medo. Muito medo. Medo de cair novamente naquele imenso precipício que somos. Medo sim. Mas escrevo. Só existo assim, tu sabes. Pois também sofres do mesmo ofício. E é mesmo um perigo lembrar de ti. Um perigo. Nós dois somos coisas tão perigosas. Causamos explosões por onde passamos. Quanto estrago. Mas fomos um cânion tão bonito, não fomos? Tão bonito. O amor por vezes é algo tão inexplicável, tão forte que o simples proferir da frase "eu te amo" causa uma erosão de quinze mil quilômetros. O hálito que sai da boca de quem sente um amor assim tem força para rasgar um continente no meio. E é isso o que somos. Duas penínsulas perdidas. Agarradas cada uma a sua costa, qualquer coisa que nos atraque, que nos sirva de cais e morada após essa grande tormenta que foi e é o nosso amor. Mas trazemos a marca do corte. Qualquer satélite que nos fotografar lá de cima saberá que nos pertencemos. É bonito isso. Gosto de pensar que lá do alto, lá de cima de onde o Grande Arquiteto planeja o nascer dos mundos, nós somos uma mesma coisa. Separadas, rasgadas, mas uma só coisa. E quando uma coisa pertence a outra assim de modo tão óbvio e definitivo, ninguém pode negar esse acontecimento. Mas, enfim, não falemos disso. Não falemos.

Tenho tanto pra te dizer. Tanta coisa pra te perguntar. Fico imaginando o dia do nosso reencontro, quando me sentarei em teu colo e, ao te acariciar a barba espessa e já com alguns fios brancos, te direi tudo sobre a minha vida. Sobre os meus acertos e erros, sobre os meus amores e desamores e sobre como te busquei pontualmente todos os dias das oito da manhã às vinte duas e quarenta e cinco. Porque depois, tu sabes. O sono profundo. Sonho com isso. Sonho com o dia em que voltarei a sentir o teu cheiro. Tão bom... Muito bom. O modo como eu me sinto protegida diante dos teus olhos é inexplicável. Um dia me perguntaste porque possuo um olhar tão melancólico. Eu queria ter respondido: "é porque eu olho pra dentro." Mas não consegui. Sou sempre tão pouco eloquente quando estou diante de você. Você era a minha neblina. Era só você chegar perto para todas as comportas do meu corpo se abrirem. E eu começava a verter pra ti. Ah, uma mulher é tão indefesa diante de um homem, Francisco! Tu não sabes. Tu não sabes. Quero te ver de novo. Mas enquanto esse dia não chega, me entupo de chás e de vídeos de autoajuda. E busco recapitular a tua vida aqui nessa tua terra tão doce e tão bonita. Tento rever a rota dos teus pés, andar por onde o menino correu e jogou bola. Onde ele deu o primeiro beijo. A árvore onde escreveu a primeira jura de amor. Tento ver tudo isso para talvez chegar até o alto da montanha onde tu hoje vives. Refaço teus passos. Sim. Desenho um traço azul em volta dos teus pés para que a tinta que eles deixam no chão me sirva de sinalização. É bom isso. Uma mulher sabe tão pouco do homem que ama. Já o conhece pronto, cheio de máscaras, deveres e defesas. Eu quero te ver por inteiro. Saber onde sentes mais frio ou calor. Do que tens medo, o que te maravilha, o que te arrebata. Quero dançar nas tuas retinas em dia de jogo de futebol. Ser o teu olhar no estádio lotado, o grito na boca do campeão, a alegria do menino que volta pra casa nos ombros do pai. Quero tudo isso de ti. É curioso como a mulher quando ama se confunde em seu papel de amante e mãe. Somos todas puro instinto materno. E buscar o menino no homem que amamos é um modo de fazê-lo pequeno. Miúdo, como vocês falam. E assim protegê-lo melhor, amá-lo melhor. Amá-lo pra sempre. Porque o amor por si só não dá conta do amor. Sim.

A palavra amor é apenas uma pré-palavra para esse colosso que a nós se apresenta em conta-gotas. É só a ponta do iceberg. O amor mesmo está por baixo da geleira, no âmago da estrela maior. Não temos pele nem retinas para vê-lo ou senti-lo por inteiro. Por isso essa palavra tão curta. Quando estivermos prontos, daqui a oitocentos bilhões de anos, nascerão em nossas testas um terceiro olho e enfim o veremos. E talvez essa palavra seja substituída por um som ou, mais provável ainda, por um grande silêncio. Sim. Busco o silêncio. Quero mais. Quero mais de ti. Quero mais de mim. Saiba que meu intuito aqui é um entendimento amplo. Um chegar até a ti de um modo bom e definitivo. É estabelecer aquele espaço-tempo onde a ruína não chega. Onde nossos monstros se calam e aplaudem o que sentimos e nos deixam ser. Me deixa ser, Francisco? Também eu me dispo da túnica da alma para que me vejas inteira. Vou te mostrar sim toda a minha doçura, mas também toda a minha bílis e reentrâncias escuras. Toda a minha hipocrisia e afetação. Te falar sobre como usei minha beleza para ferir, para humilhar e para tirar vantagem do mundo. Não fazemos isso, mesmo que de modo inconsciente? Vou te contar os meus tropeços mais ridículos, as minhas vilanias mais rasteiras, as minhas mais contundentes constatações de incompetência e egoísmo. É o mínimo que posso fazer depois do que fizeste por mim. E me amarás ainda mais. Pois chegarei a ti despida de todo e qualquer artefato e elaboração. Quero que me vejas à luz do dia sem nenhum retoque ou argumento. Eu, assim, *gauche* e arredia. Necessitada e urgente. Mansa e violenta. Não é incrível? E é o único modo de nos encontrarmos. O único. Pois sei que agora também estás em carne viva em algum lugar do mundo. Suando frio no escuro dos teus medos. Mas eu te salvo. Porque também me salvaste. O teu sacrifício, que te custou a sanidade e também quase a minha, deve ser recompensado. És tão heroico assim sem pele... E vou fazer o mesmo também. Vou. Vou aonde a verdade acolhe tudo e aonde não vemos mais nada. É isso. Mas te peço paciência para que eu me dispa de tudo. Não é fácil. Foram muitos rótulos e artefatos que jogaram sobre mim. A santa, a boa, a bela, a inteligente, a encantadora. Tudo isso dá trabalho pra arrancar da pele. Mas eu o farei. Gosto da minha nudez. Ela é necessária. Muito necessária.

Mas devagar. Devagar. Teu protesto foi um grito. Um rompante. Mas o meu despertar pra ti se dará de outro modo. Vou experimentar te encontrar no silêncio e na brandura. É o menino por trás do bandido que quero acariciar. Quero lavar os pés do meu algoz. Quero te perfumar a fronte com a água que colhi no alto de uma montanha distante. Quero te mostrar até onde alcança a visão da águia. Te fazer pisar os vales de amor e paz que vi e sei que existem. Quero. Vai ser bom, Francisco. E difícil também. Mas vai ser. Esse é o meu encontro contigo. É onde nossas cicatrizes encontrarão suas emendas, onde elas irão se colar e buscar o desenho próprio. O desenho original. Mas calma. Calma. Agora paz e lucidez. Agora eu durmo. Durmo. Um dia de cada vez, Francisco.

Hoje acordei e logo fui ler um livro do Tolstói. Uma urgência das coisas. Mas das coisas boas... E uma urgência controlada, portanto não te preocupes.

"(...) A sombra das bétulas se apressa para se esconder dentro da folhagem..."

Me diga, Francisco, por que tenho essa alma assim tão grave? Por que me sinto tão frágil à luz do meio-dia, tão desconcertada em meio aos sorrisos felizes e tão segura nos dias de inverno? "Uma moça como você, assim bela e refinada, será a primeira a sucumbir ao vento. A primeira a ser levada pela tempestade." Me disseram uma vez. Sou eu a tua moça triste à espera de sua própria missa de sétimo dia assim como a Rússia era para Liev, Francisco? Não. Mas não sou só isso. Não sou apenas isso. Sou forte e gigante. E boa. Sou boa, Francisco. Não boa como os católicos mandam e nem como os pais esperam. Mas sou. Sem culpa, sem medo, sou uma boa moça. E isso pesa muito nos dias de hoje. Para o bem e para o mal, pois não flerto com a praticidade dos cínicos nem consigo permanecer contrita como os santos da Igreja. Não. Estou mais para a fumaça do incenso. Aquela coisa fugidia que se esconde por entre as frestas ou dança entre os vitrais às cinco da tarde, que é a hora em que uma febre sincera pousa sobre o coração dos homens. Lembra-te dos vitrais de Notre-Dame? O terceiro do lado direito. Nosso preferido. Morávamos tão próximo dali. A Île de Saint-Louis nos banhava com sua luz e íamos visitar a catedral sempre que podíamos. Ou eu ia sozinha enquanto tu ficavas em casa trabalhando e assando deliciosos *gateaux au beurre salé* pra mim. E eu te traia. Sim, vez ou outra. Eu visitava o estúdio de um homem, ali ao lado da igreja, duas ruas acima. Lugar discreto. Ele, um psicanalista, um álibi perfeito. Mas apenas um homem, meu amor. Um homem vil. Nem chegava aos teus pés. Era por pura necessidade. Pura necessidade. Eu tinha as minhas falhas. Andava manca, como ainda ando por aí, não queria que visse esse meu lado deficiente e, por isso, te dava um lado ainda pior. Que lástima. Uma mulher por amor é capaz de tudo. Até dar-se a outro homem e chorar enquanto esse outro homem se contorce dentro dela, enquanto ela pensa naquele que ama. Sei lá por que fiz aquilo. Por dinheiro sim. Fazia frio, as moedas eram poucas, tu mal me conhecias e já havias me acolhido na tua casa. E eu queria levar alguns *cents*, te mostrar que era de valor, que não estava ali para desfrutar do teu amparo. Entende que estupidez? Qual mulher possui mais valor aos olhos de um homem? Aquela que se mostra a ele sem artifícios, escancarando suas reluzentes cáries e falhas de caráter em plena luz do dia, ou aquela que se esconde, que tenta a todo custo preservar o manto de dignidade e firmeza pelo qual esse homem se apaixonou? Não sei. Uma estupidez, decerto. Uma grande estupidez. E lembro que ao voltar pra casa nesse dia, que só aconteceu uma vez, ou três, eu juro, eu me sentia ferida de modo mortal. Tua pele alva, tua alma límpida como uma moeda recém-cunhada, teus agrados. Tudo era uma confirmação do quanto eu era tola e insana. Mas nunca me senti suja. A mulher quando ama se santifica. Tem partes do corpo dela que é só para aquele homem. E mesmo que ele parta, mesmo que ela encontre outro e que se case e tenha filhos com esse outro, aquele pedaço dela, aquela parte escondida e boa dela, será sempre dele. Múltiplos universos. Somos assim. Nunca fui de um homem da mesma forma que fui para outro. A anatomia sabe das coisas. Espero que não te chateies com essa minha confissão. Faz tanto tempo. Essa minha falha já até prescreveu. Mas o que quero te dizer vai além disso. Isso que te escrevo agora é um manifesto. E também um ultimato. É a última chance, ou a melhor delas, que tenho de ser feliz. É sim. A curvatura das minhas costas vem se inclinando vertiginosamente. A gravidade dos fatos, a gravidade da vida vêm me cobrar todos os dias o seu pedágio. Portanto, é preciso de sabedorias, Francisco. Sabedorias. Assim no plural mesmo. É hora de recuperar o tempo perdido. Garimpar os tesouros, jogar fora os escolhos, derreter os grilhões do medo e com eles forjar nossa aliança com a vida. Com a vera vida. Não dá mais para culparmos nossos pais pelos nossos desastres. Aos vinte, aos trinta isso até tem algum sentido e charme, mas agora, na idade que estamos, não fica nada bem. Nada bem. Nesse momento em que a beleza ainda é hóspede de nosso corpo, mas que já começa a dar sinais de incômodo e começa a fazer as malas, é que devemos dar o grande salto, realizar o grande movimento de rotação. Centrifugar os resquícios, expelir as âncoras estúpidas dos preconceitos e nos lançarmos em volta daquilo que realmente queremos. Nada menos que o sol, Francisco. Lembra-te? Nada menos que isso. O grande sol a nos aquecer os corpos úmidos após o amor. Nossas silhuetas se diluindo no azul dos pincéis de Monet. Não é bonito isso?

Veja que o que quero é sempre definitivo e fatal. E estou seca. Hoje acordei assim. E te peço desculpas por não parecer tão doce como no dia de ontem. O ontem é uma realidade distante. O minuto que passou também. O futuro é essa coisa turva a que tentamos dar cores bonitas. Só o presente é real. Só o presente é viável. Mas nos debatemos em suas paredes tentando escapar, para frente ou para trás, porque não sabemos permanecer. E eu. E nós, assim tão intensos, acometidos desse amor tão gigantesco, não sabemos ter paredes. Não sabemos. Desculpa se eu te jogo tudo assim sem rodeios. Se imponho esse prestar de contas assim de repente. É porque eu também existo de um modo febril. "Não quero ter a terrível limitação de quem vive apenas do que é passível de fazer sentido. Eu não. Eu quero é uma verdade inventada". Lembra dela? Lembra? Sim. A escuridão nos abraça com seu vasto manto. Mas nos mantenhamos firmes. Nada tema, meu caro. Lá estarei após a tormenta, leve e sorridente te esperando no cais. Mas antes quero chegar no âmago de tudo.

Li que Yasunari, o Nobel do século passado, disse que apenas as mulheres são capazes de amar. Mas não sei se concordo. O amor dos homens é um mistério bem simples. E por isso talvez pouco considerado. E eu quero entender tudo isso de uma vez por todas. Chega de mistério. Quero o sumo das palavras. Escrevo em flechas incertas. É bom o não sentir, ou o muito sentir. Também sou orgânica. E não me indago sobre os meus motivos. Essa é também a minha capacidade, a minha chance, acrescento, de ver o que é redondo e amplo.

Perceba que enquanto escrevo essas páginas, enquanto teço esse bordado que somos, também eu me refaço, recomponho as minhas fibras mais íntimas. Escrever é morrer um pouco e renascer um bocado. Enquanto antes eu me sentia consumida em tuas palavras, pulverizada no hálito da tua cólera, agora sinto que me reorganizo. As células, as membranas e tudo mais que é cerne, substância e essência se refazem. E a ternura que sinto é o que dá a liga. A minha imensa ternura pelo mundo que é como um beijo quente sobre todas as coisas. Sobre todas as cabeças. Esse é o meu tratado de paz, Francisco. E o meu grito de guerra também.

Essa manhã acordei bem pacífica. Sem urgências maiores além daquela de viver. Pela grande janela da cozinha entra uma luz bem bonita. Os portugueses sabem bem se rodear da cor azul. Por todos os cantos da casa os ladrilhos te lembrando que o céu existe. E se ele falha, como hoje que chove e neblina e que tudo fica coberto por essa camada grossa de silêncio, os azulejos estão lá. Já te falei que adoro os dias nublados, não? Eles são como uma confirmação de que existo, de que pessoas como eu e você e todas essas outras que lambem o chão dessas planícies e choram por não as entender também existem. Um dia nublado é uma legitimação do ofício do escritor. É como se ele dissesse: "Tudo bem ficar o dia inteiro em casa ruminando filosofias, dissecando existências. É valoroso e útil o que fazes". E não é tudo o que precisamos? Uma confirmação gentil de que não estamos desperdiçando os batimentos cardíacos? Sim, um dia nublado é como o afago da vida nos aprovando.

Mas hoje acordei bem. Sem grandes conflitos e questionamentos. No quarto, um homem dorme um sono bom e justo após o amor, e eu me esgueiro por sua casa e me sento em sua cozinha de azulejos centenários. É uma hora bem pacífica. A pacífica hora é essa quando o mundo ainda dorme de suas dores, e as esposas finalmente esquecem o rancor mesquinho sobre as coisas e sobre o homem escolhido. Quando as crianças ressonam, quando apenas o padeiro sonolento planeja os minutos. Em dias nublados assim essa hora fica ainda mais contundente. E tudo é de um leitoso letárgico, de uma luz amena, porém profunda. Eu amo as horas assim, quando elas não obedecem ao relógio, quando, por estar nublado, não se sabe se são cinco da manhã ou meio-dia. É a natureza driblando a ansiedade do mundo, dando um pouco mais de repouso a esses seres tão dissonantes que o povoam. Um dia nublado assim é ópio puro. Meu ópio. E a vontade de ler algo significativo, de escrever algo que mude o rumo das coisas é imensa. Por isso o chá preparado na cozinha do homem com quem acabei de fazer amor é sorvido de um modo todo intenso e delicado. É estranho estar sob os cuidados de alguém, na casa de alguém. Andar por ela no vazio da manhã sem conhecer os segredos que guardam suas paredes. Mas ele é bom e manso, portanto, me sinto segura. O que é de um ineditismo assombroso.

Ah, sim, desculpa. Não te falei que estava vendo um homem. Sim. Tenho feito isso. Desde que descolaste de mim assim como quem arranca um decalque aplicado sobre um quadro de sessenta anos atrás, eu tenho estado com alguns homens. Não muitos. Tu sabes que sou grave em tudo e que tenho pavor de que me banalizem o corpo e sobretudo a alma. Mas tenho visto sim alguns homens. É a busca. A grande busca. Observe que quando falo de outro homem não me permito escrever teu nome, esse teu nome que quando escrevo me sai sempre como um chamado. É vergonha, acho. Pudores. Mas posso falar deles pra ti. Somos isso também. Confidentes. Somos sim. Mas te falo. Ele é português como tu. É gentil e carinhoso como tu fostes pra mim. Embora ele não carregue esse ar grave dos pensadores. O que é muito bom.

Sabe, Francisco – veja, saiu –, estou aprendendo a amar. Aprendendo a amar as coisas mais simples e também as mais complexas, e acima de tudo estou aprendendo a amar as coisas mais feias. O homem não é um templo de virtudes. Assim como nenhuma mulher é. Eu nunca fui. Por isso venho desistindo dessa coisa de procurar o homem ideal. Veja que título mais estranho. O homem ideal. Ideal pra quem? Baseado em quê? Quem desenhou sua silhueta? De onde saiu o esquadro que o define? Não. Não há nada parecido, ou que chegue perto, ou que nos lembre um homem ideal, ou uma pessoa ideal. Nossos pais não eram, nossos avós, tios e aquela gente toda que chegava e partia nas caravelas não eram. Ninguém era. Então tenho amado a corrupção humana. E talvez te escandalizes com isso, logo tu que me achavas uma virtuosa, uma Joana d'Arc. Nada disso, Francisco. Agora amo a cupidez das coisas, o lado frouxo da moral humana, a covardia, as vilanias. Amo, pois sei que tudo isso é também uma prova de amor. Estamos todos perdidos. E quanto antes entendermos isso e aprendermos a afagar a cabeça do tirano, beijar as mãos do homicida do mesmo modo com que embalamos uma rosada criança, será melhor pra nós. Então agora amo as coisas reais. Finalmente, Francisco. Finalmente. Mas não pense que, para amar as coisas reais ou feias, precisa-se aderir a elas e comungar do mesmo ato. Não. Eu já estou perdida para o mundo mesmo. O álcool não me pegou, as drogas passaram longe, os pequenos vícios, os grandes e degradantes, nada disso me pegou. Só a escrita. O que por si só já é uma grande pancada.

Amo o reverso do mundo agora. O lado B das pessoas. Aquela imagem que elas deixam refletir no espelho apenas quando estão sozinhas no banheiro que é quando revelam em voz alta seus piores pensamentos. Amo o real da vida. E te digo que isso é muito libertador. Não há mais espera. Não há mais decepção. Apenas surpresa genuína quando algo bom te acontece. Porque não existem mais expectativas. Cada pele traz um sal, cada hálito um oceano de histórias, cada olhar uma súplica ou um aviso. É simples. Bem simples. É o que tenho experimentado. E exercitado. E esse homem de agora é esse grande exercício. De amar em paz. De amá-lo e deixá-lo em paz. Sem atormentá-lo por não ter cumprido o papel idealizado, por não ter dito a fala ensaiada, por não ter realizado o gesto de efeito. Quero dele apenas a sua espontaneidade. Que é o melhor dele. O maior presente que ele pode me dar é ser quem é. Sem medo algum. Sem medo de me decepcionar ou me ferir. E quando ele me fere, o que é raro e de pouca expressão, eu tento não o condenar. Só quem se sente muito à vontade com o outro é que se permite revelar seu lado negligente. E eu tomo isso como um elogio. E sendo assim, eu me permito também errar, negligenciar e machucar, porque essa também é minha natureza. E assim toda a culpa, toda a ansiedade e projeções caem por terra. É apenas você e outro ser humano ali, um de frente pro outro, se permitindo ser. Não é bonito isso? Eu te digo que amar é bom. Pode ser bom. Sem essa gravidade e drama todo que inventamos. Essa densidade toda é coisa para os volumosos romances russos. É alimento para nutrir o grande ego que somos. O amor mesmo é simples e vigoroso. E se mostra e aceita o outro com todas suas ranhuras.

Sim, esse homem dorme pacífico em sua cama após ter feito amor com uma mulher que ele considera bela e pela qual ele sente desejo e carinho. É o bastante. Não preciso saber se suas intenções são sérias, se os meses seguintes se darão desse ou daquele modo. O que sabemos do mundo e da vida? Vivemos sob os auspícios de deuses caprichosos e sucumbiremos de tuberculose, atropelamento ou malária à menor contrariedade deles. Portanto, a partir desse momento, para mim o presente é o que há de mais importante. As horas de agora, os minutos de agora me chegam de modo significativo, embalados que são no embrulho das coisas ínfimas e fugidias, recheados da intensidade que lhes cabem, do vazio que lhes cabem, da mediocridade que lhes cabem. Acolho as horas como se fossem manhãs de Natal. E desisti de entender o amor, de filosofar sobre ele, embora nessas linhas fale ainda muito sobre o amor. Mas aviso que não busco mais entendê-lo. Apenas senti-lo. Sim, pois que a urgência de entendê-lo nos nega o prazer de vivenciá-lo. É isso.

Quero o sabor das coisas. Cada hora pra mim agora é a hora máxima. A hora mais santa. Cada beijo é o mais casto e também o mais apaixonado, o mais definitivo. Talvez o mestre zen que me ensinava coisas no passado tenha me acertado em uma artéria segura. A melhor delas. Aquela por onde finalmente o entendimento entra. Assim espero.

Ontem à noite pensei em tanta coisa pra te falar, pra te escrever, mas não quis ser mal-educada e ir para o computador enquanto o rapaz me enchia de atenções. Não quero passar a impressão de que quero manter a áurea distante dos escritores. Essa coisa enigmática e pedante com a qual alguns tendem a se revestir. Eu tinha coisas importantíssimas pra te dizer. Coisas profundas e esclarecedoras. Dessas que os anjos deixam cair desavisadamente sobre nossas janelas e das quais nos alimentamos mesmo que à revelia. Mas veja que o alimento do etéreo possui outro tipo de nutriente e que, se nos cola à alma, passa desapercebido para o corpo. E por isso ficamos assim, inquietos e arredios com aquela sensação de que carregamos o segredo do mundo no peito e não o sabemos traduzir. É uma agonia, tu bem sabes. A hora máxima, a hora definitiva é aquela quando nos damos conta das coisas, quando vemos crescer nossos ossos, quando ouvimos o barulho que fazem nossas moléculas, quando vemos o oxigênio correr em nossas artérias. Enfim. Eu perdi a hora máxima. Não ouvi o anjo a tempo. Distraí-me, assim como fazem todos. E agora fico me arrastando pelos minutos como qualquer mortal, tentando adivinhar os passos do tempo. É a mesma melancolia de sempre e a insatisfação de não saber o porquê do mundo.

    Queria te falar também sobre a confusão que é se comunicar com o outro, entender o outro, beber do outro apenas o que é bom e salutar, ou nítido. Nitidez é coisa tão importante. Uma palavra torta e perdemos a clareza da retina do nosso interlocutor. E então tudo o que vemos é névoa e ressentimento. Ou medo e agressividade. Ou apatia. O que é infinitamente pior. Digo isso porque às vezes me perco dos homens com os quais me relaciono. Escorrego pelas mãos deles sem nenhuma cerimônia. E é quase sempre culpa minha. Não deve ser fácil ter que decifrar uma esfinge. E sou uma moça doce e acessível, tu sabes. Mas essa verticalidade da alma é da minha natureza mais íntima e por mais que eu me esforce não há nada que eu possa fazer. Está lá, sempre latente a minha dissonância com esse mundo e com as coisas desse mundo. Embora eu ame estar nesse mundo e o veja e o pinte com cores bem positivas. Mas está lá. Em algum pedaço de mim, bem escondido, existe uma urgência, uma demanda que coisa ou ser nenhum pode aplacar. E eu nem espero que assim se dê. A minha fome é do intangível, do incomensurável, e seria muito injusto colocar isso sobre a responsabilidade de alguém. Mas, mesmo assim, isso é coisa que confunde e machuca nossos interlocutores. O que precisamos, o que preciso, é arrumar um modo de dizer, de deixar bem claro que está tudo bem. Que o romantismo trágico não é algo que levo pra vida, que colho as palavras e os gestos da grafia de Thomas Wolfe apenas pelo gosto e necessidade de entender o escuro que mora na garganta dele. É só isso. E isso não me impedirá de ser leve e sorrir no café da manhã e de ser doce e genuinamente afetuosa. Sim. Só preciso deixar isso claro e andará tudo bem. Te digo isso porque é necessário que almas como as nossas encontrem uma âncora boa, Francisco. É imprescindível. Nossa embarcação anda cansada, e é de bom alvitre que encontremos uma baía silenciosa e calma que nos traga paz e alento. Não dá pra ficar transcendendo, evaporando assim a vida toda. Decantar e voltar pro corpo dói. Sentir as dores de todos os seres e tentar traduzi-la é tarefa extenuante e muito, muito presunçosa. Tenho tentado mudar as cores e texturas dessa sina. Me esquivo da densidade que mora em mim, me espreguiço vigorosamente em direção ao sol das coisas claras. O sol da vida. O sol da vera vida. É forçoso deixar o lodo das interrogações para trás. Tirar o pó amargo das reflexões profundas da língua, livrar-se desse manto escuro que nos cobre os olhos e que tem nos embalsamado os ombros e as frágeis articulações. Podemos palmilhar o bom caminho. A areia morna das praias mansas e felizes também pode ser pisada por nossos exaustos pés. Também merecemos experimentar o riso farto e distraído dos canalhas, dos simples, dos imberbes de culpa e responsabilidade existenciais. Podemos sim. Digo isso porque observo o mundo e toda a gente que mora nele. Para alguns é tão fácil. Mesmo quando é difícil, a vida se apresenta para eles com uma clareza absurda, que pode ser a mesma clareza de quem não sabe nada e quer apenas viver mesmo sem saber de nada. Sem grandes indagações, Francisco. O preço do leite e do pão, o futebol na TV, o lunático da vez prometendo oásis em palanques improvisados. A política é o pai dessa gente toda.

Eles não precisam fazer nada. Não precisam refletir. Tudo lhes é mastigado e regurgitado garganta abaixo. As novelas ditam comportamentos e modos de amar, as músicas ditam os movimentos dos seus quadris e a temperatura de suas libidos, o governo lhes amamenta com desalento e letargia todos os dias da semana. E, no fim de semana, uma final de campeonato na TV, um escandalozinho para se ter o que comentar no trabalho e no ônibus lotado. A vida é isso para eles. Nasce-se em um lar teleguiado, cresce-se em escolas teleguiadas, trabalha-se, trabalha-se muito e depois casa-se e procria-se. A grande fábrica precisa de mãos hábeis em obedecer. A grande máquina precisa de olhos ordeiros e produtivos. E toda essa gente vive bem assim. Uma alegria aqui, uma tragédia acolá, e assim levam a existência. E te digo, te afirmo que embora eles sejam as grandes vítimas disso tudo, são muito mais felizes do que jamais poderemos ser. Nós com essa tonelada de indagações no peito, com essa visão ampla das coisas. Tão presunçosos e desavisados. Talvez ainda mais desavisados que essa gente toda. Porque ousamos questionar. Caímos da esteira das convenções. E fomos parar onde? Naquele lugar escuro onde moram os insanos, os esquisitos. Essa gente de alma quebradiça que queima fácil ao sol de outono. Ninguém nos abre a porta de casa em uma manhã de domingo, Francisco. E, se nos abrem, logo se arrependem, porque não conseguimos sorrir com a espontaneidade dos simples. Basta a sombra de uma árvore, um canto sossegado para lá nos colocarmos em companhia de nossas reflexões. Nos tornamos seres indesejáveis. Ninguém quer discutir a existência enquanto o domingo empresta cores inéditas ao céu e promete alegria aos que muito labutaram durante a semana. E então é isso. Ficamos assim, indesejáveis e etéreos. E eu te digo que não quero mais isso pra mim. O que quero agora é a minha parcela de hedonismo e estúpida letargia com que o mundo nos presenteia. Quero sim. É tudo um modo de ver as coisas, de sentir as coisas, de mudar o eixo da nossa rotação íntima. Mudemos o eixo, Francisco? Reprogramemos o mapa? Centrifugar, lembra? Centrifugar. Deixar pra trás toda a lama escura do desespero. Lavar nossos pés da amálgama do existencialismo, essa coisa que gruda em nós de tal modo como se devêssemos explicar a todo momento porque respiramos. Quem consegue? Ninguém consegue. Isso é ofício para os deuses. Nós só devemos existir. Só existir. É bem simples.

E, olha, é isso que vou fazer. Arrancar a confusão das minhas retinas. Soprar para longe as densas nuvens que lhes encobrem e lhes furtam a beleza das coisas. A partir de agora só o céu azul de Lisboa, o sol, o mar, os risos felizes e, por que não dizer, a companhia alegre de um homem. Eu mereço isso, Francisco. Mereço sim. Um homem pra me acompanhar os passos e também para me atrapalhar os passos, me fazer tropeçar, me fazer levitar, saltar, voar, cair. Sim. Um homem para me atormentar e também para me arrebatar para os Elísios felizes onde os amantes se encontram em felicidade plena nem que seja por ínfimos segundos. Não é assim a vida? É assim. O problema é que tentamos medir, controlar a vertigem arrasadora dos acontecimentos. Cada pele tem um sal, Francisco. Cada retina uma cor. Não há nada para ser controlado, catalogado. Tudo está ali apenas para ser vivido. Não há garantias. Não há esperança além daquela que construímos com o suor da boa experiência. A única esperança viável está no saber que vamos tentar ao máximo e que é bem provável que o outro também vá tentar o máximo, e que a vida se encarregará de todo o resto. Sejamos espectadores, meu caro. Sejamos ordeiros. Não aos homens e suas máquinas, mas àquela coisa maior que paira acima das estrelas. A coisa maior que não nos explicou nada, mas que nos colocou assim trêmulos e despidos de frente para o outro sem pista alguma sobre o caminho a seguir. Sem pista alguma, mas com um instinto capaz de cruzar a fronteira do cosmos. Sejamos apenas esses seres que se movimentam nas planícies. Que sorriem e que dançam. Que beijam e se apaixonam, que choram e gritam de dor e que depois se apaixonam de novo. Aos trintas, aos quarenta, aos oitenta, a capacidade de amar ou de acreditar e inventar um amor é uma qualidade bem bonita que o ser humano carrega. Bem bonita mesmo. Sejamos assim então? Basta de indagações e filosofias e qualquer coisa que nos faça levitar os pés para além da gravidade a que pertencemos. Chega de abismos, de grandes quedas, de grandes voos. Quero apenas o caminhar ralentado dos pacatos, a interjeição tímida de suas gargantas, o riso frouxo de quem não sabe nada e, portanto, recebe tudo de bom grado. É isso que quero.

Hoje me levantei tarde. Fiquei na cama pensando em mil coisas. Às vezes sou tomada por um medo bem pontiagudo. E é terrível isso. Bem terrível. É um buraco imenso que se abre no meu no peito cada vez que estou amando ou cogitando amar alguém. E me pergunto se será sempre assim. Será sempre essa corda bamba? Essa vertigem ao escalar o muro do outro? Quando vai chegar o dia em que transporemos a barreira do objeto do amor, e também as nossas, para finalmente vê-lo reluzente, claro, nu e entregue? Quando nos entregaremos também assim a alguém? Sim. Quero falar sobre o amor. Ou sobre esse estado febril que se apossa do nosso corpo quando estamos no instante do pré-amor. Ou o momento da paixão, como dizem. Quando apaixonados, uma felicidade instantânea se instala dentro de nós como se fosse um vírus. Uma água boa a se diluir em meio à imensa bílis que carregamos. E os anticorpos a atacam furiosamente. Dá muito trabalho ser feliz. Para sermos felizes precisamos modificar todas as nossas moléculas, abdicar de algumas células importantes, comprometer alguns órgãos vitais. O corpo entra em choque, fica todo em estado de alerta. É endorfina demais, são possibilidades demais. E se der certo? E se formos realmente felizes? E se vierem filhos? Amar para sempre. Amar até não poder mais. Amar até doer. Doer de modo inconcebível. Não. Tudo isso é uma carga muito grande para o corpo. Por isso ele luta, se debate, se entrincheira. É assim que me sinto, Francisco. O amor me arrebata, mas também me exaspera. Por causa dele não durmo. Ou durmo muito. Por causa dele respiro entrecortado. Quem inventou tamanho sadismo de colocarmos toda nossa esperança de vida em outro ser humano que é tão imperfeito e tão falho como nós? Isso é uma temeridade. Nada disso deveria acontecer. Nada. Deveríamos deixar o amor para os filmes e livros. Deveríamos amar apenas os cães e os nossos pais, se esses forem bons, um e outro irmão ou tio, talvez. Só isso. Nada mais. Acordei urgente de novo. E isso é febre que não passa. Esse meu ar de gravidade para com o mundo é coisa intolerável. Intolerável. E te pergunto onde encontrarei alento e compreensão? Uma mulher que salta de abismos em abismos. Ninguém suporta. Os homens precisam de mulheres fortes e sensatas. E eu não sou nem uma coisa, nem outra. Forte sim, talvez, mas de uma força kamikaze, sem escrúpulo e sem rumo. Ou cheia de muito escrúpulo e muitos rumos, entende? Diga que sim, pois eu não entendo mais nada. Tenho escrito essas e outras tantas linhas no intuito de aplacar a sede, abrandar a chama que carrego, mas mesmo assim, com tantos caracteres expostos, eu não consigo amenizar a febre. A febre das coisas não explicáveis, a febre da busca. Eu penso que os amantes são dois animais pontiagudos tentando acertar o afago. Cada beijo e palavra vêm carregados de doçura e dor. Uma carícia e você perde um olho. É assim. Desde que o mundo é mundo, o homem estende as mãos ao outro como sinal de profundo desespero. É assim. Mas chega. Paro por aqui. Chega disso tudo. Eu te falei que não queria mais tanta intensidade. Nem posso, tu sabes. Nem posso. Nem podemos. Eu quero o lado bom e simples da vida. Já disse. Quero. Quero muito. E para isso vou lutar com todas as minhas forças. Não usei todas as minhas energias para destruir o bom amor ao meu redor? Pois usarei as reservas que me restam para alcançá-lo, para acolhê-lo em meus braços e levá-lo àquele bom lugar. O bom lugar. Me ajuda, Francisco? Me ajuda, te peço. Sozinha não consigo. Não consigo. Não sejamos vítimas de nós mesmos, meu querido. É tão triste terminar sozinha em um asilo contabilizando no papel escasso e gasto da vida, tão gasto como a nossa pele e ossos, os amores perdidos, as vezes em que destruímos o bom amor por puro e contundente medo. Medo é coisa terrível mesmo. Eu quero não ter mais medo algum. Estou farta de ter medo. Vou caminhar. Estou me sentindo sufocar. O ar de Lisboa me fará bem. Embora tamanha abundância de céu e horizonte também me sufoque, me exaspere. Um cenário perfeito é uma lembrança constante de que podemos ser felizes. E isso é coisa que dói. Que dói muito. Medo puro é o que sinto. Mas não se pode temer o incomensurável. O incomensurável somos nós. Somos nós, porque somos também o infinito. Nossa amplitude vai até a última nuvem, até o último planeta. Mas sabemos pouco o alcance de nossos pés. Por isso esse ar de desagrado e espanto. Fui caminhar e voltei melhor. Bem melhor. Não há nada que não possamos fazer. Nada. Tudo vai ficar bem.

06:57 da manhã. Acordei com um barulho na cozinha. Um dos meus *flatmates* acorda cedo para trabalhar e faz um estardalhaço imenso para preparar o seu café da manhã... Nem é tão imenso assim. Ele apenas se prepara para o dia que não deve ser fácil. Assim como o de todas as outras pessoas. E o infeliz precisa comer. Por isso não reclamo. Venho para o computador escrever e fico pensando nessas milhares de pessoas que se levantam para enfrentar o dia. Rezando intimamente para o fígado aguentar a amargura do chefe, a crueldade dos clientes, a ironia velada dos fornecedores. Viver é um risco. Uma odisseia. Uma corrida insana nesse mundo ainda mais insano que inventamos. Eu tenho uma compaixão imensa por toda essa gente que levanta pela manhã e sai para o mundo. Porque precisa sair. Precisa. Eu fui uma delas. E sinto até hoje o frio na espinha ao lembrar do desalento na alma que eu sentia ao ter que pôr o pé na rua, ir para o trabalho e conviver durante horas em cubículos com pessoas que eu mal conhecia. Algumas delas bem detestáveis, outras até boas surpresas. Porque a vida tem disso também. Hoje agradeço aos céus por não ter que passar por essa tortura diária e sei que reclamo à toa da vida. Eu que levanto a hora que o corpo pede, embora nunca acorde muito tarde. Eu que às vezes me esgueiro pela casa em uma insônia tão egoísta e aristocrática. Insônia daquele tipo de gente que filosofa sobre a existência enquanto o pobre coitado do padeiro deixa cair o suor da sua testa sobre o pão cotidiano, sendo que esse sim é o grande filósofo, esse sim é o grande homem. Esse sim deveria encher plenários e ministrar palestras sobre o amplo entendimento da vida. E eu? Tenho me tornado uma pessoa cada vez mais etérea e fugidia das coisas reais. Perambulo pela casa preparando chás, esperando que o segredo da existência me apareça nos dedos e eles jorrem alguma genialidade sobre o papel. Os escritores são mesmo uma alcateia estranha. E eu me tornei a mais estranha do bando. Leve e fluídica feito uma fada; e vertendo frases existencialistas pelas esquinas do mundo. Deve ser muito aborrecida a minha pessoa. Devo ser um entrave, um desgosto. Não devo nem mesmo ser um enigma. Devo ser tão óbvia quanto uma nota de cinco. As lavadeiras da Penha, as cortadoras de cana do sul da Bahia devem rir do meu ostracismo, da minha falta de gana e entendimento. Essas mulheres que labutam na terra e limpam o nariz de seus muitos filhos na barra de suas saias, que educam seus irmãos, seus pais e esposos, que educam o mundo inteiro com a aspereza de suas mãos e a delicadeza de suas almas, devem me achar uma tonta, uma afetada. Eu com esse meu respirar de espartilho, com esse meu caminhar oitocentista. Nada disso é sabedoria, Francisco. Tudo que tenho é conhecimento. E não faço ideia do que fazer com ele. Olhos os livros que escrevi na estante e não tenho noção à que eles se destinam. Por vezes imagino estar fazendo um bem ao mundo, levando alguma informação precisa e esclarecedora, mas no fundo eu sei a fraude que sou. Uma mulher com tantos dramas e conflitos existenciais que inventou uma forma de transformar esses conflitos em letras e palavras rebuscadas. É isso. Sou isso. Mas não apenas isso. Sou muitas outras coisas também. Mas, quando acordo assim tão cedo e fico a me esgueirar pela casa com minha caneca de chá e essa urgência nos dedos, penso nas cortadoras de cana do sul da Bahia – é lá mesmo que elas ficam? – e então me sinto sim bem egoísta e rala. Mas que seja. Cada um tem sua sina e destino nesse mundo. Eu cumpro o meu. E tento não aporrinhar o resto da humanidade. Escondo o meu olhar de abismo diante do padeiro e do leiteiro e também do homem da feira. Para eles e para outros tantos do tipo, minha alma em reverência. Em profunda reverência.

Olha, Francisco, estou feliz por ter escrito ao menos um parágrafo que seja que não fale de amor, do meu amor pelos homens, da minha busca pelo grande homem. Isso é bom sinal. Pois tenho vivido assim. Sempre nessa grande busca. Tudo culpa da ausência do pai na infância. E isso tem me tornado uma pessoa muito cansativa. Em tudo o que escrevo, a temática romântica, a busca pelo tal. Devo ser muito enfadonha. Esse pacote que nos venderam na infância gruda deveras na alma e por isso ficamos assim, esperando o tal do príncipe e a tal da princesa com seus cavalos e vestidos amplos em pleno século vinte e um. Em plena Avenida Paulista, o cristão anda achando que vai esbarrar com alguém e o mundo inteiro vai parar. Em meio à balburdia de Tokyo, a criatura acha que vai tropeçar em alguém que domine a física quântica e sopre o espaço-tempo para dentro de seus olhos para que assim o *fairy tale* possa ter início. Sempre fomos assim. No século dezoito, lia-se livros do século quinze e queria-se reproduzir o romantismo que pensavam existir na época. As pessoas já se debatiam entre o saudosismo do passado e a aflição pelo futuro. Os românticos são pessoas extremamente mimadas e egoístas. E preguiçosas também. Porque não aceitam nenhuma mudança. Não possuem nenhuma empatia com o mundo real. Ressentem-se à menor contrariedade e morrem de tuberculose ou se jogam nos trilhos do trem em seus trajes de gala só para mostrar o seu descontentamento com a realidade. O meu brinde, a minha ode às cortadoras de cana do sul da Bahia. Essas sim entendem tudo sobre o amor. Eu apenas escrevo sobre ele, ou sobre a sombra que ele faz sobre mim sempre que se apresenta através do olhar do outro. Disserto apenas sobre o frio e o medo que ele me causa, sobre o espanto que a sua beleza e amplitude me provocam e sobre a contundente confirmação da minha profunda inabilidade diante dele. É isso.

Mas o que eu queria escrever mesmo é que ainda haverei de encontrar um homem bom. Que não irei terminar os dias envolta pelo hálito corrosivo de um homem cínico, daqueles que matam as mulheres aos poucos, que tiram o seu brilho, que esgotam o seu perfume, que as deixam frágeis e quebradiças, com medo de se estilhaçarem diante do vento da vida e, por isso, se abrigam nos braços desses homens que são refúgio e ruína, tudo ao mesmo tempo. Não. A vida há de ter reservado pra mim alguma boa e paciente criatura que aguente me ver perambulando pela casa em meus *robes de chambre*, e meus chás, e minha escrita, e meu ar grave, e meu respirar de espartilho, e meu caminhar oitocentista. Ele há de me acolher em seus braços honestos e me abençoar a fronte com seu hálito bom e digno. Porque eu também sei ser boa e digna. Espero ainda a chegada do santo que faça o sinal da cruz em minha testa todas as noites ao dormir e que também faça amor comigo de um jeito calmo e puro como somente os santos devem saber fazer. E veja que escrevo isso sem pecado algum. O amor dos santos deve ser algo de todo iluminado, banhado por uma candura, por uma meia-luz. Como aquelas que vemos entrar pela nave das pequenas igrejas perdidas pelas ruas de Guérrande. Aquelas frestas de luz que entram por entre o ninho que os pássaros fazem nos entremeios da parede e do telhado. Luz que entra através dos seus filhos, filhos que são alimentados por suas bocas. É isso. Quero ser alimentada pelo meu santo como se ele amamentasse uma criança faminta e imberbe no mundo. Quero ser cuidada assim, pois que também cuidarei de alguém assim. Tenho tanta ternura para dar. Não fosse o medo. Tanta doçura, tanta entrega. Meu homem haverá de ser um deus. Um colosso de mármore e ternura orvalhado pela minha saliva, abençoado pela minha voz em seus ouvidos, envolto pelo meu corpo morno e entregue. Sim ele haverá de ser feliz. Meus braços foram feitos para abraçar e minhas mãos moldadas para acariciar suas cabeças preocupadas e pontiagudas. Porque o homem às vezes é um exército inteiro. E se a mulher não for canto, não for o lírico de suas vidas, nada se faz, a alquimia não se dá. Não se dá. Sim, tenho uma tonelada de afeto pra derramar sobre o objeto amado. E acho que eu seria uma boa mãe também. Seria sim. Ah, se a vida me desse a alegria de ter um pequeno em meus braços, uma farta e terna cabeleira para afagar, uma alma para bem conduzir por esse mundo, eu seria a mulher mais feliz do universo. Mas Deus quis que assim não fosse. Ainda espero esse corpo pequeno para acalentar. Uma mulher é sempre uma grande espera. Ela não é completa se esse abraço não chega. Não importa os livros que eu escreva, os lugares que eu visite mundo afora, nada se compara a isso. Nada. Provavelmente eu seria uma mãe bem egoísta e excêntrica e me ressentiria por não ter tempo de perambular pela casa em busca da chave do existencialismo. Vê como o ser humano é complexo e mínimo, Francisco? Somos uma manada de contradições. Nem sei como Deus nos aguenta. Essa coisa de livre-arbítrio deve ser uma invenção da qual ele se arrepende amargamente. Caminhemos. A beleza das coisas está na busca mesmo. Enquanto desfrutamos daquilo que havíamos buscado com tanto afinco, mal nos damos conta da chegada, pois que já estamos imbuídos de outra busca. A vida é um grande passo que damos no minúsculo jardim que nos cabe. Brincamos de ser poeta ou tirano, andamos em círculos, corremos em volta de nossa vaidosa cauda. E, no final, morremos feito crianças bem rancorosas e sem entendimento algum.

No fundo o que eu sou mesmo é uma alma que sonha em ser sublime. Não retenho nada que não seja belo, extremamente belo. E o feio, transformo em uma dor aguda e pungente até que se reverta também em beleza e sacrifício. E o que seria do mundo sem a beleza? Sem os poetas e os pensadores? Veja, Tolstói criou uma cena linda: dois jovens se apaixonando em meio à guerra, os tanques apontando seus canhões nas ruas de Moscou, e eles envoltos pela ternura que saía de suas retinas. Um navio, um pequeno piano no convés, o casal dança, olhos nos olhos. A moça o encontra no meio da viagem, ela tão perdida que estava, ele tão perdido que era. E ela o vê no convés com aquele olhar de horizonte longínquo. Ela chama o seu nome, ele sorri e vai até ela. "É alguma espécie de milagre?". Ela pergunta ainda com as mãos enluvadas entre as dele. Um barco, as metralhadoras apontando nas esquinas mal iluminadas da cidade, o piano no convés, o casal dança e o amor se dá entre as águas de Kineshma e Samara. Entende o que digo? Entende o que os poetas querem dizer? O mundo é sim essa grande tela a ser pintada. Há tanta beleza esperando pra ser traduzida. Tanta cor a ser criada e colocada nas mãos das crianças e das pessoas que ousam amar. Tanto cenário de paz a ser descrito. Tantos heróis esperando o seu batismo, esperando que seus nomes sejam proferidos. Eu vejo tudo isso e me inquieto. Me inquieto sim. Por isso sou assim. Um transbordamento. Não retenho nada porque já sou repleta de tudo. E nada me vem como surpresa, apenas como reconhecimento. E nada me deixa farta. O transbordamento vem da minha empolgação com o mundo. Tudo vaza de mim ou me atravessa de modo definitivo. Por isso vivo a derramar essas letras dos dedos.

Veja que esse relato que comecei, esse ensaio que poderá talvez se transformar em livro já vai para as trinta e seis mil palavras. É muito, Francisco? Me diga se exagero. Me diga se o mundo não for assim tão vasto e se apenas imagino tudo. Mas não. Sei que não imagino. Existem testemunhas dessa beleza. Tolstói com o seu casal que dança no convés de um navio ao som de um piano, o homem que toca o piano, a moça que pergunta "É uma espécie de milagre?", e também as mortes na guerra, o massacre do proletariado, os corpos caídos no chão frio, os cavalos passando por cima deles, o corte na garganta esnobe da burguesia. Tudo isso é testemunho de beleza e da enorme contundência da humanidade. Eu digo que vi e vejo o horizonte feliz de todos os amores possíveis e impossíveis. E isso é coisa bonita demais de se carregar. E é um fardo também. Mas sou grata. Arrasto esse baú por onde eu for. E escrevo. Escrevo como um enfermo que cede de bom grado o seu corpo à febre da alma. Hei de tocar os pés dos anjos e afagar os cabelos do Cristo. Sim. O Cristo é uma criança bonita e quente, pois que ele também possui a febre dos que muito amam. Embalarei o Cristo em meu colo e lhe ensinarei canções de ninar para amansar a fúria dos homens. É o que farei.

Olha, ontem não produzi nada. E é bem provável que as linhas que escreverei agora saiam cheias de fúria. Tu sabes que detesto lidar com o prosaico do cotidiano, que geralmente vem recheado de muita crueldade e mesquinharia. Amanhã me torno boa e cordata. E poética, se possível. Mas hoje deixo que a bílis vença e me suba à garganta. Nem sempre dá pra enfrentar as coisas com mãos de fada. E hoje eu só queria vencer. Queria um sim que fosse nesse carrossel lunático que é o mundo. Veja que me torno agora extremamente injusta. Mas aceito meus desajustes e tento não causar muito estrago. Em dias assim é melhor não dar nem bom-dia pro vizinho. Tudo sai meio torto de nossas bocas. Rezo apenas para que aquele anjo bom e paciente que me acompanha os passos nessa planície incerta me dê um pouco de alento e tranquilidade. Amanhã, Francisco. Amanhã. Hoje eu bem que poderia fazer passeata em praça pública, gritar impropérios e por um peito pra fora em plena Quinta Avenida. Sim, um só. Porque dois é pura exibição. Mas um é sinal de veemente protesto.

Oi; sei que não tenho escrito esses dias. O que muito me exaspera. O que muito me exaspera. Repito as palavras para que elas tenham sentido. Mas o sentido é sempre outro. Diferente daquele pretendido. Ou nenhum. O que é imensamente pior. E continuo insistindo na escrita, pois ainda não aprendi a respeitar os espaços vazios. Porque sei que eles nos engolem à revelia.

O fato é que andei profundamente irritada esses dias. O caos se instalou em mim e então já viu, é guerra de foice e de faca. Em dias assim até Deus tem medo da mulher. Mas não. Se Ele a criou e também ao mundo. Deus não tem medo de nada. E isso também me irrita. Queria falar com ele e esclarecer essa história de deixar a covardia, o medo e o frio se instalarem na pele dos homens. Mas Ele não me responderia, decerto. Ou sopraria um enigma sobre os meus cabelos. E eu acharia isso poético e então sossegaria. Somos de todo patéticos. Patéticos.

Estou irritada sim. E adivinha com o quê? Com o tal homem com que venho saindo. Ou frequentando, como dizem. É assim agora. As pessoas se frequentam. Passam umas pelas outras como se atravessassem as portas de um *saloon*. Cada uma com suas armas, cada uma pegando o que quer. Ganha quem tem mais pontaria e munição. E eu não tenho nem uma coisa, nem outra. Sou tão nua e desarmada, Francisco. As pessoas devem rir desse meu ar distante. Tão à ermo, tão ao vento, tão trêmula. Quem aguenta? Eu não aguento. Tu não aguentaste. Nós não aguentamos. Enfim. Cá estamos. Conjugados à exaustão. E sós. Sós.

Sim; logo eu tão minúscula e febril fui me impressionar com os encantos de um homem frio, que mora em um apartamento frio. Rico e bem decorado, mas frio. Um homem com amigos frios, com suas casas de veraneio esnobes, seus vinhos, suas roupas e seus discursos esnobes. Com seus filhos rosados e monossilabicamente esnobes. Como pude fazer isso comigo? Como pode a mariposa ir de encontro à luz fria e artificial se de algum modo pressente que irá morrer? Que graça tem queimar assim? Morrer assim? E eu morro. Te digo que morro. Morro cada vez que me dou conta que meus pés volitam em mais um abismo e que tudo que tenho para me agarrar são as mãos inférteis de um homem frio. É isso. A vida, suas circunstâncias e, principalmente, nós somos de um sadismo impressionante. Requintadíssima nossa capacidade de nos ferirmos e de nos colocarmos em risco. Deve ser a adrenalina de viver. Não sei. O fato é que me enrosquei – e quando me enrosco tu sabes que é sempre pra valer, mesmo que seja com o leiteiro da esquina, coisa que nunca fiz, é sempre pra valer – com um homem frio e indiferente, que aprendeu com o cinismo a se proteger do mundo. Esse homem é menor e mais fraco que eu, sem dúvida. Mas que diferença isso faz se ele foi corajoso o bastante para desistir de sentir? Ah, como vencem no mundo as pessoas que deixaram de sentir, Francisco! Dizem "eu gosto de ti" com a mesma imparcialidade com que se pede um expresso na padaria. E isso é coisa que me desconcerta completamente. Não sei lidar com pessoas frias. Sou empática ao extremo com todas as dores do mundo e possuo bem poucos preconceitos e julgamentos, é bem verdade. Posso tentar compreender e abraçar a dor e a estranheza do homem que comete crimes, mas não consigo lidar com o cinismo e com a frieza cívica com que algumas pessoas levam a vida. E detesto ficar no meio do caminho com esse ar de espanto. O ser poético, que é essa coisa que somos, deve ser hoje considerado um pouco como o palhaço do picadeiro, um pierrô ou o bufão do rei. O mundo inteiro se refastelando em cinismo, e o coitado ali com flores e sonetos nas mãos. Gargalhadas, Francisco. Gargalhadas é o que arrancamos deles. Mas chega.

Chega de me sentir ridícula. Há algo de extremamente belo em mim. O sublime há de vencer as negras forças do pragmatismo. A doce umidade das coisas haverá de encher as narinas secas dos descrentes. Meu Deus, estou falando como falaria um daqueles alunos americanos que se preparam para metralhar sua escola. E tu sabes que não gosto de violência. Mas estou furiosa sim. Não com ele, mas comigo. Como posso querer andar pelo mundo assim em carne viva esperando que alguém venha e me cure as feridas? Não sei. Esse livro não dará em boa coisa. Ou não dará em nada. O que é muito pior. Ficará no limbo das coisas começadas e não ditas. Ou quase ditas. Mas que coisa. Em dias assim me sinto medíocre até as mais íntimas calcificações e então não há nada que me salve. Moro no velho mundo, em um país de boçais, devo dizer. Sim, são doces se comparados aos franceses. Pacatos se comparados aos alemães e mais genuínos se comparados aos italianos, mas, pelos céus, como são chucros! Não me admira que o Brasil seja o que seja. Aliás, há dias em que muito me admira que o Brasil tenha conseguido ser o que é, apesar de ter nascido das mãos rudes e ávidas dessa gente. Jesus! O velho mundo não esconde a barbárie do pretérito. Não mesmo. Está tudo ali, nos prédios milenares, nas cartas magnas e nos discursos das pessoas. É claro que estou sendo injusta, mas é para isso que a escrita serve também. E esse livro é meu, portanto não posso me escusar de ser o que sou e fazer com que ele seja o que é. Decerto que há muita beleza e dignidade por aqui. Como felizmente há em todo lugar. Mas mesmo assim existe um lugar comum onde tudo apodrece, onde o discurso é de desprezo e de ódio, onde julga-se e separa-se por nacionalidade, *status* social e cor. É o mundo. É o ser humano. E temos que viver com isso. Não há outro modo. E é esse garimpo que me exaure as forças. Por todos os lados a cupidez, a vergonha e a violência trágica de ser humano. Isso cansa muito. Por isso os poemas, os livros e os ensaios filosóficos. Somos melhores quando refletimos. Ou somos piores. Mas somos algo além desse mar de esperma, sangue e culpa em que muitos vivem. É isso mesmo, Francisco. Existem homens que trabalham dia e noite, que doam suas horas e saúde e suas vidas inteiras para corromperem os outros. Negócios milionários, acordos pérfidos, tudo em troca da estabilidade de uma pequena matilha, de uma burguesia recém-intitulada, uma gente ignorante que repete frases de efeito americanizadas. Uma gente aditivada a vinhos e contratos milionários e roupas de grife, e um ou outro afago na cabeça do filho em mais um gesto de lamber suas posses. Umas mulheres fúteis, arredias, com a profundidade de um espelho-d'água no asfalto em dia de chuva rápida. Uma gente que não aguenta uma erosão, uma emoção mais forte. Uma gente alcóolatra e drogada, mas que jamais admitirá tal coisa, pois consegue conciliar seus vícios com uma vida produtiva e cheia de lucros. Os homens são obviamente frequentadores assíduos de bordéis, mensalistas contumazes dos serviços de *escorts* ou qualquer coisa que lhes traga um pouco de fantasia. E as mulheres se masturbam escondidas pensando no entregador do supermercado e fingem orgasmos quando penetradas por seus maridos porque há de se manter o silencioso acordo de cinismo. E comem feito porcos. Comidas exóticas, finas iguarias é verdade, mas comem como porcos. Ah, tão bom a sinceridade dos estivadores. Que gente boa e honesta aquela que mostra seus dentes pútridos e gargalham cheios de honestidade nos cais do mundo. Mas essa outra gente não. Arrotam escondido com a mesma destreza com que sonegam impostos. Trocam de esposa logo que esta aponte uma deficiência sua e deixam atrás de si um rastro de mulheres plastificadas, rancorosas e mal-amadas. E os filhos? O que dizer se eles testemunham isso tudo e compram esse picadeiro moderno como se fosse realidade? Não sei o que será deles. Aos que já nascem cínicos, apenas o dever de gerenciar o legado da família e fomentar a mesma espécie. Aos sensíveis, os pulsos cortados no escuro do quarto, as clínicas de reabilitação e uma desculpa esfarrapada sobre suas ausências durante o almoço no Golf Club.

Enfim, veja que me meti numa enrascada. Mais uma vez. Que diabos eu tenho que fazer com um homem de posses? E que diabos esses homens veem em mim? Ah, sim. Eles gostam do que é belo. Pegam o que desejam, catalogam, classificam, lustram, esterilizam e colocam na prateleira. Logo eu. Logo eu. É claro que isso não vai dar certo. Não está dando. Não está. Posso sentir de longe o cheiro de desistência, de inconsistência, desse exercício nefasto de desafeto que o homem pós-moderno aprendeu a pôr em prática. O que fazer? Nada, a não ser espernear como um javali raivoso diante do abatedouro. Uma hora ele desiste de mim e vai procurar outra iguaria para devorar com seus dentes fartos e sua fome sem fim. Eu virei carne dura demais. Não sou degustável. Meu sabor só pode ser sentido com especiarias ainda desconhecidas. Mas sigamos.

Alguns dias se passaram e me sinto mais serena. É incrível como as horas são mestras em nos mostrar o quanto somos equivocados e despreparados. Eu não sei nada do mundo, Francisco. Quero apenas a doce certeza do nada saber, do nada precisar saber. Se eu conseguir chegar nesse lugar onde não há nenhum esforço, seja para permanecer, seja para ir, já estarei bem satisfeita. Quero te falar dessa hora calma ou da hora mais pacífica e também a mais santa. A pacífica hora. Essa hora existe. Existe. É um momento onde tudo fica calmo. Onde a brisa é suave e o sol ameno. Hoje viemos à praia. Fizemos as pazes. A água do mar e o céu azul de Lisboa realizam milagres sobre as pessoas. Não tenho mágoas dele porque não lhe pertenço, e também não quero que ele me pertença. Aprenderei a colher os minutos das horas como quem colhe a brisa boa da estação. E essa é uma boa hora para nós dois. O homem nada no Atlântico, a mulher o espera na areia, mansa e quente com a pele a dourar ao sol. E, ao fim do dia, os dois farão amor embaixo do chuveiro. Depois ele enxugará o corpo dela e os seus longos cabelos. E ela contabilizará os músculos das costas dele com a ponta dos dedos enquanto ele a penetra com a obediência de um cão. É assim, Francisco. É assim. A vida é bem simples. Bem simples. Não é à toa que na mulher há mais reentrâncias e recônditos que nos homens. É sina que ela seja mais generosa, mais entregue. Eu aprendo. Aprendo a me despir das arestas, desses espinhos que fiz crescer em mim e que assustam. Aprendo a ser macia e mansa como o mar que agora beija os cabelos negros do homem que se banha no Atlântico e que tem um frêmito ao pensar que logo mais tarde estará dentro da mulher que o espera na areia. Eu me entrego e nada peço. Nada elaboro. Chega de enigmas. Não cabe aqui nenhuma filosofia. Apenas um homem e uma mulher compartilhando o espaço-tempo. Esse é um encontro quântico, Francisco. Nossos filhos e netos, aqueles que aprendemos a idealizar ao sair da aula de catecismo, ficarão guardados em algum multiverso onde tudo é possível. Onde basta um sopro de uma mulher que ama para um mundo inteiro se erguer. Onde ela diz *fiat lux*, e a luz se faz. Eu digo *fiat lux* e entendo que o momento eterno, esse que perseguimos, dura um minuto, ou menos até. O momento eterno, a hora mais pacífica, é aquele no qual aceitamos tudo sem subterfúgios e rancores. Não há nenhum rancor em mim nesse momento. E isso é muito bom. Muito bom. A hora mais pacífica é essa de agora em que te escrevo, onde sou tua e sou também do homem que nada no Atlântico. Me divido entre vocês dois, pois há tanto de mim que sobra. Sou farta. Me dissolvo na areia fina e branca. Sou menor que o mais ínfimo grão e ainda assim me sinto maior que o mundo.

"Não queira me moldar ao tamanho das tuas mãos. Prefiro dançar solta entre elas. Ao invés de obedecer-te aos comandos, prefiro lamber-te os dedos e apontar caminhos que desconheces. Aqueles onde a tua espinha arrepia, onde a brisa te traz apreensão e maravilhamento. É para uma floresta negra e silenciosa que quero te levar. Relva onde os chacais e os caçadores não alcançam, onde o faro dos cervos pressente senão heroísmo. É na doce e pacífica hora que quero te fazer mergulhar. Nesse rio morno onde os amantes entrelaçam as pernas e onde seus medos e protuberâncias se encaixam. É o beijo mais quente que guardo. Basta apenas que ouça o meu canto. E que tenhas a liberdade da tua e da minha alma como essência e básica premissa."

Isso me veio agora. Nem sei porque escrevi isso. Será isso o amor? Um lugar onde as pessoas se tocam e se despedem? Será que estivemos equivocados todo esse tempo, Francisco? É possível que o amor não seja um lugar, mas sim uma hora, um momento? Uma intersecção? Sim. O amor é uma hora. Qual hora ele é ainda não sei. Ninguém sabe. Sei apenas que o sinto maior do que nunca, agora que aprendo a ser livre. E ser livre é também – e principalmente – libertar. É sim.

Percebo agora que tudo o que faço, e tenho feito, é falar sobre a minha pessoa. Mas o que faz a mulher se ela já nasceu inquieta? Note que a palavra inquieta é um substantivo feminino. Mas escreverei sim sobre ti e sobre o que penso de ti e dos homens e também de todos os seres humanos. Porém farei isso mais tarde. Depois. Outro dia. Agora não. Agora falo de mim e de como pulso de maneira diversa dos outros. De como sinto ao contrário, entende? Não, não entendes. Você é homem. Não sabe nada de contrações. Amar é uma capacidade única e invejável. Eu admiro os que amam assim tão fácil e sem pudor. Os que amam não porque precisam, mas porque o amor lhes sobra, lhes é abundante e certeiro. O amor pra mim, Francisco, tu bem sabes, é cheio de curvas e frestas escuras por onde caio sem prévio aviso. O amor pra mim é algo temerário, mas que busco com grande necessidade e avidez. Existe antagonismo maior que esse? Não existe. Mas venho aprendendo.

Ontem esse homem me tratou, aliás como sempre tem me tratado, com imenso carinho. Mas também com a devida reserva e distanciamento. O distanciamento discreto de quem observa uma água-viva. Decerto que há em mim inúmeros reflexos. As cores devem me atravessar de um modo bem bonito. E também refletir neles de um modo bem bonito. Mas isso não me impede de queimá-los. E eu queimo, Francisco. Queimo. Deixo marcas e sulcos indeléveis naqueles que amo. É o meu modo de dizer "existo" ou "dói". É isso. Mas tenho aprendido a ser mais amena. Amar o que se apresenta. Não tento mais agarrar o amor pelo pescoço estrangulando-o até que ele verta a última seiva, pois vi que aí já não seria mais amor, e sim medo. As entregas deveriam ser espontâneas. Virem com o vento e nos machucarem muitíssimo, já que podem a qualquer momento partir com o vento, mas mesmo assim deveriam ser espontâneas. Se até a dor é, por que a alegria não haveria de ser?

É bonito isso tudo. Esse entendimento que agora teço como mãos tão rudes por dentro, mas delicadas por fora. Teço agora a fragilidade das coisas. Mas não costuro mais nada com os pontos fortes da pretensão. Não alinhavo mais o que quer que seja. Sopro uma brisa angélica sobre as circunstâncias, e deixo a mágica acontecer diante dos meus olhos. É da vida. São os feitos do mágico quântico. O Grande Mágico, Francisco. O bom amor é esse que não retém nada, mas que não é infértil. Aprendo a fluir entre o caótico e o impensável, pois dali se sorve também o belo. A harmonia que os poetas buscam está na transitoriedade divina e cruel das circunstâncias. O que os faz sofrer é a ânsia de querer decifrar o indizível. Eu não traduzo mais nada. Sou. Apenas sou. E isso já é muito. Aprendo a navegar nas águas calmas da aceitação. Colho as tempestades e os naufrágios como um bom-dia do cotidiano e aprendo a comungar afetos sem espera. Sem busca. O amor não se mede em decibéis. Agora apenas escuto o seu som fugidio e quase inaudível. E o sigo, claro.

"O amor é algo de todo subjetivo. Escapa por entre os dedos à menor distração dos cínicos". Eu disse um dia. A quem tento enganar, Francisco? Amo. Mais uma vez amo. E agora de um modo bem consciente. O que me é de todo inédito. O amor é algo que se descobre a cada dia. A capacidade dele em nós se alarga de acordo com o nosso entendimento sobre as coisas mais simples e mais vulgares. Aquelas que escapam aos olhos dos pensadores e poetas. A sofisticação do amor é algo dificílimo de medir. Não passa pelo linho caro e pratos finos. Tampouco pela arrogância contumaz dos trágicos. O drama é algo inventado pelo homem para dar forma à sua inoxidável culpa. O amor não conhece nada disso. Passa a relevo e à revelia de tudo isso. Escapa também por entre os dedos dos que muito querem agarrá-lo. Por querer possui-lo é que demonstramos a nossa grande falta de generosidade. O amor não existe para aplacar nossos medos, Francisco. Não mesmo. E nem para equilibrar essa louca balança que somos. Deixemos isso para os terapeutas. O amor entende de amar. Cada vez que nos desprendemos de nossas ancestrais e castradoras aderências e também do desejo de posse do outro, chegamos mais perto do amor. Na verdade, ele chega perto de nós, visto que nos visita quando quer, e permanece quando e por quanto tempo achar melhor. É uma energia que se instala ou nos atravessa, e nos faz compartilhá-la com o outro, visto que ainda somos míopes em vê-lo em sua essência etérea. Os bichos entendem o que digo. O amor é uma experiência sensória. Se abastece e nos abastece do melhor em nós. Quem inventou de dar nome e destino ao amor era um pobre coitado. Um desesperado afônico e órfão de linguagem universal. Depois sim, sendo consumado, ele pode escolher morar nas retinas de dois amantes e ali gondolar nas águas calmas dos que o aceitam e o reconhecem do modo mais simples e puro. Mas veja que o amor é um barco, é um navegar constante. Buscará em nós sempre as nossas mais nobres vagas e partirá ao menor sinal de desconforto, apatia ou cinismo. O amor foge do cinismo. Não o reconhece, não o considera. A dureza de espírito também é terreno infértil para o amor. Eu, que a vida inteira o considerei como um instrumento ou como lugar de chegada, finalmente descubro que o amor é um eterno ir. Só precisamos saber nadar, Francisco. Surfar em suas ondas, mergulhar em suas águas profundas e assustadoras, pois que as luzes da superfície são também ignorantes ao amor, e é nos abismos escuros que ele guarda seus tesouros mais imperceptíveis. E quando entendemos isso, Francisco, te digo que nos nascem guelras. Te afirmo que é bom esse novo oxigênio que me visita os glóbulos. A água viva de Clarice Lispector absorvia tudo e refletia o lado mais cru das coisas. Eu reflito apenas o que me vem do umbigo e do terceiro olho. É um outro mundo que vejo. Sem o encantamento estupidificante, mas com a mais clara beleza das horas. A hora mais pacífica.

São duas da tarde e me dou conta que por vezes me sinto tão pobre, tão desconcertada diante do mundo. Meus olhos carregam tantos desastres. É possível não se render à contundência dos fatos? Saber que sou mínima e impotente diante do inexplicável? Que meus pés não conhecem o caminho? Que minhas mãos acenam para o nada? Que meu gesto se perdeu em alguma esquina cínica do mundo? É difícil ser sóbria e boa, Francisco. Eu também faço parte dessa amálgama de martírio e espanto, sendo que não possuo a paz dos idiotas para atenuar as cólicas existenciais. Também faço parte dessa gente que teve a inocência pisada. Sou também mais um rosto sem expressão em meio à miséria anônima. Possuo o ar perdido dos imigrantes. Veja que não há nada que eu faça que possa me tirar esse manto de melancolia dos ombros. Sobretudo quando vejo o que se passa em meu país. Sou tão solitária e esquisita que me exilei antes do golpe. Já me arrastava lânguida e ferida por essas planícies antes de ser denominada como exilada. Eis o gosto tamanho que tenho por dramas. Mas a coisa está séria por lá, Francisco. E em momentos assim é preciso esquecer um pouco os dramas pessoais, as verticalidades existencialistas e ir direto ao ponto. Sofrer junto com o meu povo, enxugar o suor do rosto dessa gente burra e inocente. E que de tão burra e inocente é bonita, porque já não se faz gente burra e inocente como antes. O mundo se dividiu entre cervos e chacais. Ou somos um coração a serviço da fome, da vilania ou somos as hienas a morder os calcanhares da bondade humana. Que já é pouca, que já é falha. Precisamos de mais cervos. Não para matar a fome sem fim dos governantes, mas para olhar com doçura para os bárbaros. E, claro, precisamos de heróis para lutar as guerras que somos covardes demais para combater. E eu não sou nada heroína. Vaidosa como uma, talvez, mas nada heroica. Minha bravura vai até o momento em que o sol severo começa a manchar minha pele e que a sede grita impropérios em minha garganta. O resto é essa covardia maquiada de indignação. Essa apatia mascarada de revolta. Mas escrevo. É tudo que sei. E o meu país se prepara para uma grande convulsão. E não é justo que eu dedique todo esse livro, que decerto não irá vender coisa alguma, para falar apenas sobre mim e a insustentável leveza do meu ser. O mundo sangra, e é preciso que alguém fale sobre isso. As mães perdem a voz em um choro uníssono. Seus filhos assassinados dentro de casa. A milícia recebe honrarias das forças maiores. Tudo virou um grande conluio. Aliás, como sempre foi, sendo que agora dos mais perigosos. Pois é sangrento e sem intenção de disfarce. É sangrento e pronto. E quando a humanidade chega a um ponto em que considera isso normal, é então que a coisa se torna deveras preocupante. Cumpro a minha sina. Para o bem ou para o mal, existo para confrontar as coisas mal feitas ou muito bem feitas. O estabelecido nasceu para ser apedrejado. É saudável que assim seja. A mão rude dos homens não deve calar a voz das crianças. Mesmos que essas vozes morem no corpo de homens e mulheres de vinte ou setenta anos. Escrevo para, quem sabe, uma esperança surja entre essas linhas como em um passe de mágica, pois bem sei que não tenho talento nem capacidade para produzir milagres. Faço como exercício de consciência. Enquanto estivermos exercitando atentamente o nosso direito de pensar, os muros e alicerces da tirania continuarão a tremer. Senão, Francisco, será o mais negro e pesado silêncio. E isso é coisa assustadora de rever. Assustadora. Por isso cumpro a minha parte. Deixo de lado os poemas e perguntas como "quem sou?" ou "o que sou?". Veja que basta um ideal para enobrecermos a alma e soprarmos o pó da alienação de nossos frágeis e viciados ombros. Escrevo e protesto. É o que sei fazer.

Me extenuo ao escrever sobre os homens. Ou sobre qualquer coisa que possua uma forma definida. Queria mesmo era desenhar os contornos do globo com lápis, e com minhas palavras recriar novas espécies. Seres luminosos que haveriam de governar o mundo das larvas. E toda contundência do mundo haveria de não existir. Os governantes virariam pó químico e só ganhariam vida se os hidratássemos com a água da nossa ignorância – e já não é assim? Escolheríamos ressuscitá-los de tempos em tempos para que desfilassem em procissão ou em uma espécie de marcha fúnebre e cômica. Riríamos de suas carrancas, e as crianças usariam seus rostos como máscaras de Halloween – também já não o fizeram? Riríamos também da nossa estupidez pretérita, quando fuzis eram adereços comuns e joelhos de autoridades obstruíam o ar das artérias de homens negros. E então não teríamos uma terça-feira negra, nem carros queimando em labaredas coloridas. Sim, nesse mundo que eu inventaria com minhas palavras, não haveria formas. A forma é a régua mais cruel, porque ao delimitar espaços corta também a cabeça de seres pensantes, seres que sentem, pois a rígida organização não foi feita para que sentíssemos.

Vejo pessoas no parque caminhando, cada qual com suas rasas convicções. Ninguém faz a menor ideia do que se passa.

Estamos todos órfãos de entendimento. Se eu fosse um raio, cairia na cabeça do homem mais vil. Ou sobre a criatura mais inocente. Para poupá-la desse grande constrangimento.
Não desejo ser enfática ou má. Mas sou os dois. Há equações bem simples de entender. Veja:
1 - Tira-se a educação de um povo.
2 - Instala-se o medo nas ruas.
3 - Um ditador profere impropérios impensáveis com ar de divertimento.
4 - Guia-se os dedos da grande massa nas urnas.
5 - Troca-se um governo corrupto por um governo corrupto e violento.
E temos o resultado. O nosso *clown*. O representante mor da nossa mais íntima e primitiva barbárie. Protegido e ancorado por um subliminar fascismo. E o futuro é o reproduzir de um tosco passado. Tosco e sem qualquer originalidade. O que teremos a seguir é bem óbvio. Governa-se com mãos de ferro as almas fracas, desinformadas e omissas. E queima-se, em branda fogueira, mulheres como eu. No entanto, o verbo é força que não cala. Eis aqui o meu. Eis aqui o meu, Francisco. É importante que eu deixe registrado onde quer que seja. Em meus romances, minhas cartas de amor, na minha lista de supermercado. Ninguém poderá dizer que não gritei antes que meus pés virassem fumaça na fogueira destinada a todas as mulheres como eu. Cervos, Francisco. O mundo precisa de cervos. E de heróis retumbantes, pois a turba estúpida adora um final feliz e enlatado para armazenar junto as suas conservas diárias.

Ando exausta. E é óbvio que esse livro não irá vender nada. Nem incitar uma resenha que seja. É possível que alguém se compadeça de nossa dor? A caminhada tem sido árida e longa. Meus pés estão cansados, arredios e aflitos. Por vezes tudo é um grande medo. Um grande medo. Te falo isso porque neste exato momento estou em vias – mais uma vez – de destruir algo bom. O bom amor. Amor para o qual não possuo nenhum talento. É duro ver o momento exato em que o olhar do outro se perde dos teus, quando as mãos dele deixam de buscar as tuas. Eu não sei mais nada. Não sou mais nada. O sentir é uma coisa aguda. Queria não sentir. Cada respiração me vem como um corte no peito. Possuo cinco mil talhos nas artérias e ainda é de manhã. Haverá salvação para pessoas como nós, Francisco? Existirá a grande mão que irá nos amparar? Onde o grande afago? Te digo que tenho feito todas essas experiências de amor e que saio delas sem nada. Até o escrever agora me é extremamente penoso. Busco uma salvação na hora última. Espero ainda o soar da sétima trombeta. Enquanto isso queria dormir o sono dos justos. Mas não durmo nem fico acordada. É um torpor ruim que me visita os ossos. Um amargor ancestral que me umedece a língua. E eu não sei como me proteger disso tudo. Não sei como me abrigar de mim mesma. As tempestades que faço são terríveis e devastadoras. Espero a bonança. E o bom homem para me ungir as têmporas com o hálito cálido da sua sabedoria. Espero a paz e o meu gole de água fresca no mundo após essa minha longa caminhada. É o que espero, pois esses últimos dias tenho me vestido de indiferença para me proteger do amor. Ou da entrega a que ele me obriga. Pois tenho medo da entrega. Entregar-se é estar nu ao sol do meio-dia em um cruzamento da avenida Paulista. Tudo pode acontecer ali. Desde passeatas em nome do amor até gritos de repúdio, prisões por desacato. Uma criança pode gritar da janela do carro que somos ridículos, e não dá pra ficar indiferente à sinceridade das crianças. Entregar-se e dizer "eu amo" é apertar o botão de mísseis na sala da Casa Branca. Teu jardim pode até permanecer verde e florido, mas em algum lugar distante, jovens imberbes inalarão os gases letais desse ato insano. Amar é um ato de insanidade que repetimos a cada estação. É uma guerra para a qual já nascemos alistados e para a qual não há vencedores. Não há.

Agora me dou conta de que tenho presenciado muitas guerras e desastres. Desastres meus e de outros. E, no entanto, os meus pulsos continuam intactos. Perdemos o caminho do Grande Paraíso, Francisco. E me dou conta também que escrevo para destruir sinapses antigas. Por isso vivo em perfeito e contínuo estado de espanto. Busco alcançar a mão do outro lado. Peço interlocução no debate. "Tenho sede". Disse o homem na cruz. Clarice e o ruído de seus passos. Eu velha a me arrastar pela casa e a dizer sobre o desejo: Quando isso vai acabar? Ah, os dias, os desejados dias em que sou supérflua e vã. Mas hoje essa dura inquietação. Não durmo após o almoço. O que gosto imenso de fazer. O que sinto é sem ressalvas. Esqueci como se elaboram as palavras, desaprendi a finalizar o bordado. Deixo-o assim à mostra, jogado na velha cadeira das minhas impaciências. O lado avesso com suas linhas em luta, as pontas brigando com os nós. Parece que gosto de desagradar o mundo. Minha mãe me reprovaria esse capricho. Ou o marido. Se eu tivesse um. Acontece que sou selvagem e belicosa. Sei ser doce apenas se me pedem para não o ser. Gosto do antinatural das coisas. Que acredito ser o estado mais natural para nós. Aliás quem nos vestiu a primeira roupa? Quem nos disse o primeiro "Cuidado, está frio lá fora" ou "Está demasiadamente quente"?

Enquanto crianças, alguém achou por direito nos desentortar a sola dos pés, e desde então andamos assim, com esse ar de fantoche, com esses olhos vidrados que são como telas a reproduzirem outras telas. Repetições. Perdemos o tato e viramos eco. As palavras me exasperam, a luz de entendimento que elas me trazem também. Temo perder a compostura ou a ternura farta dos dias e me transformar na velha louca que grita absurdidades no parque e para a qual os passantes atiram farelos de pão como se alimentassem uma ruidosa gralha. Mas não. Tenho bons amigos. Amigos que me levarão para um asilo, que me entupirão de remédios e me dirão: "Comporte-se. Você sempre foi tão doce e inteligente". E eu cuspirei o mingau ralo em suas fuças. E eles se ressentirão por isso. E eu me ressentirei comigo mesma por constatar que do ato não guardo remorso algum. Mas volto ao presente. Dá medo brincar de ser quântica. Sei que essa inquietação passa. Se até as mais retumbantes paixões fenecem. A culpa é do calor extremo que faz em Lisboa nesse momento. Tenho vertigens e palpitações nesta terra de mouros.

E gosto dos mouros. Mas não hoje. Hoje não gosto de nada que possua forma. É o delírio do deserto, é o lenço negro na cabeça das senhoras que vejo na rua. O suspirar delas é uma reza tosca e mal pronunciada. "Chegaremos no grande lugar onde há sombra, maná e mel. O paraíso ainda não se perdeu de todo de nossos olhos!". Alguém grita ao longe. "Adiante! Adiante!" outro alguém, esse um profeta, acrescenta. Sim. Constato. A felicidade é uma histeria coletiva.

Essa noite, antes de me deitar, tive a visão de uma mulher que me falava de esquadros e simetrias. E eu, distraída, olhava para o rapaz de bons olhos que lia serenamente no parque. Sim. Eu estava no parque. E olhava para esse rapaz. Seus cabelos à moda do Cristo lhes davam um quê de generosidade humana. E é bom ver isso assim ao ar livre. Por causa dele não ouvi o que de mais importante a mulher de olhar oblíquo me dizia. Palavras expressivas como vida, morte, tato. Não lembro. A extrema unção das coisas e todas as suas grandezas e dramas me escapam aos sentidos agora que apenas observo o rapaz pequeno que copia o olhar do gigante redentor. Eu gosto da barba nos homens. E veja que divago, pois ainda não sei o que de bom ou trágico me trará esse rapaz. Talvez ele não me traga nada. O que seria ainda mais dramático. Eu que detesto o vazio no lidar humano. Preciso exercitar não observar com o intuito de ser notada. E isso me cansa profundamente. Exauro-me ao escrever sem vontade, sem o norte da febre a me guiar os dedos, sem o pulsar encantado dos mágicos da Cidade Alta que brincam com nossas mãos. Nós, pobres e mortais escritores. Nós, que tentamos traduzir o éter. Mas buscamos, todos, o reconhecimento no outro. É isso ou a morte completa. O vácuo límbico e frio de um anonimato sóbrio e insípido. Quem pode desejar algo do tipo? Ninguém. Eu te digo que ando numa febre de viver absurda. Febre que me açoita os ossos e me obriga a ser colossal. Por conta disso, mil cavalos alados rasgam o meu peito e irrompem a morada antes calma dos sentimentos. Querem a vida. São famintos e não possuem nenhum discernimento prático. São violentos e cruéis. E eu odeio quando as palavras caem de mim assim à conta-gotas, como se fossem bigornas jogadas sobre o teclado de um piano. São desajeitadas elas. E o som que produzem é estridente, quebradiço, histérico. E, por essa contundente inadequação, descubro que não sou convencional. Não me catalogo em nenhum código e isso me soa um bocado estranho. Descobrir assim, de chofre e sozinha, que ser órfã e à margem pesa. Assim como ser livre e ao vento dói. Mas estou feliz, agora que me aprofundo. O rapaz de olhos redentores agora me parece bem normal. Perdeu a singeleza dos santos. E sempre achei exasperante lidar com os santos, visto que eles são uma constatação veemente da nossa incompetência.

Estou feliz. Agora que a vida é densa e dramática novamente. Tenho um gosto excêntrico pelo incompreendido. Gosto da água turva e rica de impropérios que banha o mundo. E o mundo é, sim, esse cio contínuo de dor e alegria. E, ao constatar isso, descubro rápido e claramente que tenho vícios. Algo jamais antes admitido ou pronunciado. Não são muitos. Mas tenho. E do maior deles, descobri hoje que não me livro mais. Me acompanhará todos os passos até que os pés se cansem e repousem em definitivo. E, mesmo assim, esses pés frios e hirtos contarão essa mesma história aos netos dos netos que tomarei emprestado. O vício é grande, pernicioso, bonito. O vício é: quero ser amada. Mas não sei amar. E é egoísmo, eu sei. Isso eu sei. Mas vício é vício. E não deve ser julgado. E pela primeira vez eu rezo de verdade. Entrego-me como criança insana aos pés do Grande Homem e prostrada em seu altar eu digo: "Nada sei". E é bom quando digo isso. Uma manada de touros me abandona o peito. Diante do Grande Homem ou do Grande Deus, eu repito "nada sei". E estou nua. E é bom estar nua e sã diante Dele. Não tenho frio, fome ou sede. Tudo em mim é arrogância absoluta. A arrogância extrema do existir. Para testá-lo eu digo: "Eu sou". E Ele desaparece. Pois o eu para Ele é ralo e incipiente. Gosto Dele. Ele que agora é apenas ele. Gosto dele. Passou no meu teste. E o mais importante: eu não ligo se eu não passar no teste Dele. Ele também não. Todos os deuses deveriam fazer reverência aos homens por ousarem brilhar dentro de seus pesados corpos de carne. Deveriam. E só então, só após essa reverência, é que haveria um claro entendimento. Um alinhave entre o sutil e o concreto, entre o sacro e o profano, entre as asas luminosas dos anjos e os pés sujos e escuros dos homens. Termino. O altar se esvai na névoa branca dessa tesa liturgia que criei. Levanto-me. Estou nua, cambaleante e só. Mas sei andar e sentir. O que é bom. O meu maior tesouro é saber usar o ponto de interrogação em mim mesma. As cores fenecem, e ao meu redor tudo que é realizável cai. Como folhas em fim de setembro neste lado do Atlântico. Há ainda muito a ser feito. É tudo que sei. E por isso caminho altiva e severa entre os transeuntes incrédulos que julgam a minha pele nua insana. Não me importo. Eu vi os olhos do Grande Homem. Ou os inventei ao meu gosto e prazer. O que é infinitamente melhor. Também eu sei ser calma e corruptível. Também eu sei ser Deus.

É isso. Pago o meu temperamento a preço de ouro. É duro e vertiginoso estar na minha pele. Temo o pior dos destinos. Eu e o meu cortejo de horrores num canto da sala, descobrindo que na verdade nunca foram a lugar algum. O calor de seus corpos me sufocando, me roubando oxigênio. Veja que estou enfática novamente. E detesto ficar assim. Tenho parado de falar contigo, de dizer teu nome. O que é estúpido porque é para ti que escrevo essas linhas, Francisco. Francisco. Pronto. Que droga. Mas chega. Vou dormir. Amanhã será domingo. E domingo é um dia que exige muito de nós. As horas passam. E, nesta hora máxima e trágica que me chega como um grito, admito afinal que o arcanjo possui um nome bem bonito. E, por isso mesmo, agora por mim impronunciável. Termino as reminiscências. É preciso viver. E eu quero. À vida me agarro como uma louca. Estou mais náufraga que nunca. E tenho sede. Muita sede. À vida então, Francisco. Deixemos os fantasmas no escuro de suas gavetas. Não quero mais que eles possuam nome nem rosto. Estou farta das coisas etéreas e fugidias. Quero o sol a me abrasar os ossos, o vento me lambendo os cabelos, os carros na rua buzinando alto e me lembrando que estou viva, que todos estamos, mesmo convulsionados e loucos, mas vivos. Não será esse então o grande milagre? A grande revelação? Tenho agora fados em minha boca. Esta terra me ensinou a ser dura, mas também a querer a vida. Talvez eu seja tão corsário quanto qualquer outro que pisa essa planície. Preciso tirar de mim esse ar de distinção. Sou mínima e subtraível. Como todos os outros. Como todos os outros.

Ontem tive outra noite daquelas. Daquelas duras e frias, em que o sono não nos ilude, não nos visita, não nos alivia. Quero te falar então dessas noites de chumbo. Mas estou cansada de escrever. De dar ouvidos a essas mãos que pesam e me tiram o sono. Que querem de todo modo arrancar da superfície plana e desonesta do mundo alguma resposta. Que arrogância é essa que possuo? Por que não sossego com o café e o leite que me são servidos na mesa casta e sóbria dessa calma manhã? Por que arranhar a pele das coisas que deveriam se manter intactas e incompreendidas? Mas, olha, te digo: uma vez tive paz. Quando tinha sete anos, eu tive paz. Foi em um momento quando na cozinha de casa eu observava a mãe cozinhar o almoço. Lembro até hoje do seu semblante sereno. Da mãe eu sorvia toda a nutrição do mundo. E ali não havia mistério algum. Foi só quando descobri que eu era apenas um pedaço dela e ela um pedaço de mim que a angústia começou. Enquanto crescemos, o vazio do abraço materno se esvai aos poucos de nós sem que nos demos conta, e também cresce. E o grande e gélido manto da existência vem nos cobrar o pedágio pelos anos passados entre fraldas, mamadeiras e sono profundo. E veja que a ingenuidade é só um modo grosseiro de a vida te dizer para esperar. Lembro-me bem desse dia da minha paz completa, pois foi ao me dar conta dela que ela se destacou de mim. Desde então esse gosto amargo na boca. Um zumbido constante no ouvido que diz: "Sou só". Sou. Assim como minha mãe também é. Também ela se agarrava a mim como um náufrago em choque. Matamos e damos luz aos seres apenas para que eles nos digam: "Você existe". É grande o medo do ser humano diante do vazio. Eu lembro. Uma vez, quando eu tinha sete anos, eu tive paz.

Tenho tanta coisa pra te perguntar, tanta coisa pra definir entre nós, mas sinto que não saio do lugar. Fico girando em torno de mim mesma como se temesse um confronto. Te encontrar seria bonito demais, cruel demais, intenso demais. E como dizem que até a felicidade mata, eu tenho tido medo de morrer. Por isso sou evasiva e excêntrica. Mas sinto que mesmo assim avanço um pouco. Avanço um pouco para ti. É como se eu desse voltas em torno de um vulcão. Busco sentir a temperatura do solo sob meus pés, farejar o ar à volta. Tenho medo desse encontro, Francisco. Mas ele se dará. De alguma forma, ele se dará. E tento estabelecer uma normalidade nos dias para que eu consiga continuar avançando. E às vezes consigo. Por exemplo, essa semana foi boa. Normal, corriqueira. E eu bem que poderia ter me contentado com isso. Me acostumar a essa tépida mediocridade que alguns dias trazem, e me calar. Mas o que eu sinto não se condensa, não se guarda. Agora mesmo, nessa manhã calma, meu peito aposta corrida para conter os batimentos cardíacos. Meu coração vive em saltos, e meu corpo se adianta para contê-lo. É cansativo. É em estado de graça e também de extrema urgência que vivo. Meus dias são de uma luminosidade leitosa que se derrama por todas as coisas e por isso, às vezes, fico inerte. Não me movo. Pois se me movo sinto que a ordem das coisas se desencaixa. Não é seguro viver em mim. Não é. O que me toma a rédea do pulso é sempre fatal. Não sei ser amena e constante. Sou de uma imprecisão absoluta. Repito as palavras que escrevo devido ao espanto que elas me causam. As letras me desenham um norte para um lugar onde sei que faz frio e eco. E, para tentar ser salva, aliso as paredes do hoje, e sinto o mesmo tato de séculos atrás vibrando dentro delas. Não há jeito. E penso: "Pobre de mim que sou tão livre". A cortina entre o que vivo e o que sonho se torna cada vez mais fina. E, exatamente por isso, tudo vai ficando cada vez mais distante. Sou aquela que sonha e que chega ao alcance do que sonha sempre tarde demais. Pra mim é sempre meia hora antes ou meia hora depois. O quântico ri dos meus passos. Anseio pelo dia em que eu saia na rua apenas para caminhar em minha direção. O dia em que eu possa pisar em um chão que não se mova. É o que quero. Mas aceito a curva sádica das circunstâncias. Cumpro o que me foi imposto e prometido. E sigo. Entre o voar e o cair não há nenhum mistério. Sim. Pobre de mim que sou tão livre.

E, pra piorar ainda, acordei com esta frase na cabeça: "Não pense". Sim. "Não pense". Me diz a voz sutil que me comanda o gesto. Obedeço. Hoje estou frágil e aceitável. E acolho. É o que sei como sabedoria recente. E a sabedoria é sempre recente. Do contrário seria apenas a repetição segura de um erro. Não começo mais nada que tenha início. Ou dou fim às coisas já ditas. Tudo flutua no impalpável. Há moscas que sobrevivem a explosões radioativas e, portanto, no dia dessa constatação, acharemos uma mosca algo muito importante. Observe que neste momento temo não escrever nada com substância. Essas letras que seguem são a admissão do meu medo. Por isso elas têm peso. O meu medo é um poema que dou aos que passam na rua. É a minha generosidade inocente. "Não pense". Eu imito a voz para evitar ser fraca e me entregar à prostituição de uma caligrafia feita para agradar. Busco então um sentido para dar força e forma ao verbo. Não encontro. O vazio também é verdade. Apenas não produz livros. Temo que contar sobre uma mulher que tenta escrever e não consegue não seja algo interessante e por isso me calo. E ao me calar, ouço em mim outra voz a que não sei dar nome ou pátria. Sou tomada então por um idioma estranho, o qual falo com fluência, mas que não entendo. Os ouvidos brigam com o que sai da minha boca. É uma convulsão nociva isso de acolher hospedeiros desconhecidos. Mas gosto do verbo quente que me estala a língua. E nesse momento não escrevo. Os dedos não conhecem esses arabescos nem os traços dessa língua que só pode ser proveniente de uma estrela morta. Ou de uma constelação em agonia. É isso. O que ouço com a pele e falo com a boca – e que os meus ouvidos não associam – é um pedido de socorro de uma terra extinta. Uma civilização inteira deixa o seu eco nas paredes frágeis do meu corpo. É penoso dar esse testemunho. Mas gosto do que me atravessa. Através dessa implosão, que é o modo do intangível dizer oi à minha parca matéria, sinto a textura dessa terra antiga. E na língua, ao falar o seu idioma, sinto um sabor adocicado e negro.

E de posse desse sabor tomo conhecimento sobre coisas simples e sem precedentes que compunham tal planeta. Sei que o choro de suas crianças é diferente e que seus sacerdotes andavam nus. Mas é tudo. Porque o que sei além não se traduz. Não estou aqui para desvendar segredos. A nua verdade não se rende a especulações. Veja que nada do que escrevo é entretenimento. Por isso o espectro de estrelas antigas me visita a cama. Porque não quero e não penso. E é só por esse motivo que sou pura e imberbe como uma criança. Uma criança que quer dar forma ao éter. As estrelas que me visitam são seres femininos, embora não se importem com tais afirmações. Suas vozes são uma mistura de lamúria e canto. É ópera mística o que fazem. Acordo imantada da neblina que elas deixam em mim. Ao contrário do que eu pensava, as estrelas mortas não deixam poeira cósmica, mas uma névoa pegajosa e falante. Possuem uma gramática própria. Por isso acordo rouca, falante e tomada de uma doce estranheza. O mormaço do indizível me enche os olhos. Ando tomada de fascínio por esse verbo distante, ao qual não sei dar nome e significado. Uma língua sem bandeiras. Uma pátria sem cor ou números. Ah, não disse? Sim. Nessa civilização não havia números e seus habitantes não sabiam contabilizar. Por isso talvez a extinção sumária. Me espreguiço e acordo mais uma vez dentro do sonho que é apenas uma corruptela do real sonho do qual fui tomada. Porque só se vive e se testemunha realmente as coisas se por elas formos tomados. Do contrário seremos apenas observadores. E observadores não falam línguas extintas. O hábito de dissecar e catalogar me abandona os dedos e por isso sou tão livre. E é temeroso ser livre assim. E por ser livre me é dado testemunhar a hora da morte dessa estrela. O som da explosão que se faz nessa hora é maravilhoso e assustador. Essa estrela sabia que ia morrer. Assim como eu também agora sei que vou. Embora eu esteja sorrindo ao me dar conta disso. Tenho fome e sede. Mas não sei pedir essas coisas nesse idioma. E descubro que nele a necessidade não existe. O querer também não. O que me surpreende ainda mais. Acordo então para o dia dos mortos. Esse real em que agora vivemos. E me preparo para a minha costumeira liturgia de finados. Mas o sol aqui ainda é bom e casto. Ainda não reivindicou o direito que possui de nos tirar a vida. E eu ignoro o sonho que tive. Então, de posse dessa ignorância, caminho pelas ruas tão presunçosa quanto qualquer outro. Sem desconfiar que mesmo arrogantes e vaidosos, não passamos de células a depender da generosidade de uma estrela que um dia também será extinta. Assim como nós também seremos, Francisco.

Essa tarde me irritei com o padeiro do café que frequento. Foi grosso e estúpido (algo corriqueiro aqui) ao anotar meu pedido. Ele tinha pressa, e eu não. Essa é a diferença. Decido perdoá-lo porque sei que meu verbo é outro. E me refugio em algum parque para remoer a vida e contabilizar o cansaço dos ossos. Ah, como preciso da calma letargia das horas. Por que ninguém entende que o meu tempo é outro? Preciso de largos minutos para me levantar da cama, para extrair lentamente do corpo a imantação que os pensamentos da noite deixaram. Preciso sorver a vida aos poucos senão me afogo. Caio rápido no vão das coisas infinitamente inúteis e sábias. Pois toda sabedoria é inútil neste mundo até que nossos ossos cresçam e estalem o som dos anos vividos. E te digo: só há um modo de ser feliz. Aquele de ignorar completamente a necessidade da felicidade. Mentira. Isso é cinismo. E em mim essas coisas não duram um segundo. Caem feito máscaras sem aderência. Sou um rosto sem molde, e isso me faz ser só e estranha. O que é bom. Nos dias de hoje o que nos salva é a rebeldia sobre as coisas fixas. Por exemplo, hoje na rua, cedo pela manhã, vi uma mulher que observava o chão enquanto esperava a sinaleira abrir. E era pura estratégia esse momento. Não havia nada de mágico. Apenas uma mulher esperando para atravessar a rua com segurança. E digo que isso me exaspera. A ordem fixa das coisas me exaspera. Não me limito a respeitar a luz verde para caminhar. Quero saber quem inventou a cor verde e por que ela se chama verde e não península ou grama. Entende? Se não houvesse pontos de interrogação, eu não existiria. Morreria sufocada entre tantas vírgulas e pontos de finalização. Ponto de interrogação é algo utilíssimo. As pessoas não compreendem. Possuem um gosto ferrenho por crases e colchetes. Pra mim não serve. Nada em mim está entre parênteses. Não recuo ao que sou. Não me contenho. Minha água nunca será escura. Mas eu dizia que o meu tempo é outro. Vê que já saí do curso? Acho que estou voltando à infância. Agora, aos quarenta e cinco anos de idade, volto à infância e estou mais impertinente que nunca. Vejamos o que aprendi até aqui:

    O amor é um desafio grotesco. Eu logo informo. Mas não fujo dele e não o desdenho. Embora o tenha chamado de grotesco. Digo isso porque amar não é o nosso estado natural. No amor, ou estamos estupidamente felizes, ou serenamente contentes. Mas estamos sempre loucos. Pois é loucura exigir um comportamento etéreo de seres de carne e osso. Mas é bonito amar. Disso não abrimos mão. Talvez seja essa nossa maior rebeldia, nosso maior ponto de interrogação. Pegamos a vida pelo colarinho e dizemos, cheios de uma fúria infantil em suas fuças: e se?? Ela ri e nos deixa. Gosta de observar nossos desastres. E nós vamos. No fundo estamos todos loucos. Veja que a filosofia está cheia de desculpas niilistas. O que criamos para lidar com nossa angústia é impressionante. Mas porque acabei falando sobre tudo isso não sei. Veja o que faz a inquietação humana. Temo que olhem para tudo o que fiz e escrevi e digam: "Mas por que ela simplesmente não sossega?". Mentira. Não temo não. Gosto de andar na contramão das coisas. Porque parece que do percurso linear já conheço o fim. E conhecer tudo me assusta, pois é a morte mais violenta que se pode ter.

Te falei que agora ando ao contrário, com o intuito de acariciar as costas da paisagem? Venho com essa mania. Mas não se preocupe. Faço isso mentalmente. Ainda não enlouqueci de todo. Minha insanidade segue disfarçada e segura como a de qualquer outro. Tudo segue a contento. Não fugirei da ordem esdrúxula da existência. Nascer, viver, envelhecer. Também eu serei vã e ingrata assim como todos os outros. Mas até lá questiono. Questionar é um presente que me dou. É o meu maior luxo. Já te falei que sou caprichosa? Sou. E adiciono: gosto desse estado febril em que vivo. Gosto. É luxuoso arranhar a superfície das coisas e dizer: "Veja! Há aqui uma outra cor!"

Uma outra textura!". É bom ser selvagem. Paga-se o preço, mas é maravilhoso. O ar de mártir e melancolia é só para adicionar um charme. Amo essa lascívia que tenho com as palavras e com os sentidos. Gosto mais ainda de derramá-la sobre as coisas e as pessoas que vejo pelo caminho. Te explico: isso que faço é quase como um incesto. Um incesto com o mundo. Não é ele também homem e pai? Sim. Reverto a ordem das coisas nele contidas e abro as pernas para recebê-lo. Ele se confunde e treme. Adoro ver o mundo tremer. Estou sendo pornográfica? Não. Não estou. Mas gosto de ver o mundo tremer. E as pessoas também. A inocência mora na fragilidade. É só no morno medo da entrega que somos realmente quem somos. E isso me excita ao máximo. Ver o rosto imberbe e aflito de alguém que pede para ser amado. Esse é o meu maior fetiche. Identificar um semblante frágil e pedinte no outro. Essa é a minha maior prova de amor para com todas as coisas. Não sou eu também assim, frágil e pedinte? Que sejamos todos então. Trêmulos e entregues. É bonito. Não devemos temer. Um deus bom há de nos proteger os passos e agasalhar nossos ombros do frio.

    Sabe, um dia no teatro, eu fazia um papel de tal intensidade, de tal verdade que emocionou a todos. Eu chorava, ria e contava as dores de ser gente, e toda aquela gente à minha frente também entendia, chorava e ria. Eu orquestrava os seus sentimentos como bem queria e poderia até me divertir com isso não fosse a extrema beleza do momento. Todos ali estavam envoltos pela mais absoluta verdade. Foi a coisa mais bonita que já vi. Depois as luzes se acenderam, e cada um foi para a sua caverna. Mas o que foi vivido ali ficou impresso nas digitais da alma. E isso ninguém apaga. Veja que trunfo, Francisco? Que vitória sobre o cinismo. Veja. Sim. Eu tenho essa pretensão de imprimir algo de bonito e definitivo nas pessoas. É vaidade, eu sei. Mas tenho. Não nego. Melhor isso do que outra coisa. Outra existência que eu nem sei exemplificar. Só sei viver se for assim. Dispo a minha pele por onde passo e acolho os olhares de assombro ou contentamento. É isso. Não somos todos viajantes? Somos sim. Olha, vou comer algo. Escrever assim nua e intrépida me traz uma febre boa e lenta. E eu gosto tanto disso. Mas preciso voltar ao mundo dos mortos. Digo isso porque é somente neste de agora que existo. Que é onde escrevo. No outro precisamos de máquinas respiratórias e aparelhos de reanimação. Neste não. Neste eu, tu e todas as outras coisas não fixas existimos numa simbiose quase perfeita. É o caos e o céu. E por acaso hoje o céu está bem azul. Vou comer e volto. Volto. Prometo.

"Se não escrevo, se não extraio, tudo em mim gangrena". Acordei com essa frase de efeito na cabeça e pensei em pichar o muro de uma escola com ela. Ou de um presídio. Mas achei que tal ato seria muito piegas. E, depois, minha caligrafia é péssima, tu sabes. Veja o quanto é tacanha a minha capacidade de expressar as coisas. Eu que só sei escrever se houver um interlocutor. Explico: eu escrevo para que o meu braço alcance. Nasci assim, pequena e sem expressão. Por isso o que escrevo é um modo de ficar de pé, de colocar o rosto em meio à multidão. Veja que angústia. Nascer sem voz e sem estatura. Minha mãe dizia que eu não vingaria. Tão fina e transparente. Todo mundo me via através, e por isso me habituei a ser paisagem. E seria bom o destino de quadro, não houvessem me dado um lápis e um papel. Mas não é disso que quero falar. Não sou nenhuma Cora Coralina. Não possuo a sua bonita resiliência. Sou rebelde e de um egoísmo devastador. Quero viver. Viver muito. E do meu jeito. Pois criei um mundo onde tudo é possível. Por isso insisto. E no insistir dou-me conta de que sou falha. Não se força a espontaneidade que dorme no peito. Ou ela explode ou não. Na escrita é assim. Não se elabora, não se usa artifícios. Somos patéticos quando o fazemos. Tolice querer preencher o vazio com a truculência das palavras. Que elas saiam da tua boca à tua revelia e surpresa ou não saiam. E quando o silêncio chegar que ele seja respeitado. Era o que deveríamos fazer. Mas somos impacientes e vaidosos. Eu sou. E só admito para angariar simpatia. Odeio quando acordo sem substância. Quando me arrasto pelo dia impaciente e vã em busca de uma frase que me dê sentido. É a agonia do existir. Poderia subtrair-me desse estado de tortura com alguma rápida alienação, dessas que já vêm embaladas e prontas para serem aquecidas no micro-ondas. Mas nem isso consigo. A escrita me arruinou a placidez dos dias. Estou condenada a ser a mulher que olha pela janela a manhã que se estende pela tarde. A neblina na calçada, os passantes a se locomoverem como pontos difusos e inquietos. E essa mulher também é difusa. Seu rosto se confunde com o vapor que se acumula no vidro da janela. Veja, sou irremediavelmente extrema. E é ruim quando o gosto das coisas cotidianas te escapa à boca. Teu paladar então vira uma colcha de mistérios. Tudo em você vira um grande e inexorável enigma, e você coloca os ouvidos no próprio peito, como um médico que ausculta o paciente para tentar se decifrar. É isso. Vivo tentando auscultar meus decibéis. "Quantos pontos na Escala Richter?", pergunto ao universo dentro de mim. Pode imaginar quantos eclipses eu já presenciei em meu peito, Francisco? Muitos. Depois ainda existem as ondas, as marés intermináveis que só acabam quando querem ou que só amansam depois de escreverem tormentas na areia. Vivo mareada de mim mesma. Mas é uma náusea boa. É sim. Te contei que estou grávida? Sim. Sempre estive. A vida inteira prenhe. E assim percorrerei todos os dias da minha existência. Prenhe e farta. Mas não falemos de mim. Acho tão cafona só falar de si mesmo. Falemos de ti. Olha, eu nunca entendi, e por isso te peço desculpas, a imensa responsabilidade que é ser homem. Por que a mulher precisa sentir, e nisso ela não encontra nenhum obstáculo, enquanto o homem precisa ser? E nem todos querem ou podem ser. O que fazer com o resto da população de homens que não quer ser nem o pai de família, nem o Casanova, nem o herói ou o bandido? O que fazer do homem se ele quiser apenas ir para um canto e ficar quieto? A mulher pode dizer "não sei". Às mulheres foi dado todo o privilégio da obliteração. Ela pode declarar que seu estado formal de espírito é instável e etéreo. Dirão que é culpa dos hormônios e ficará tudo certo. Mas para o homem ficar só num canto remoendo a existência é feio. E, se ele não for um gênio ou algo parecido, o chamarão de preguiçoso. O que é uma alcunha terrível para um homem. Te peço desculpas então por nunca ter compreendido e ainda não compreender a enorme complexidade que é a obrigação de ser simples e objetivo. Ao homem, o dever da eficácia. À mulher, a mais profunda subjetividade. É isso. Peço desculpas. E volto a mim. Volto ao meu corriqueiro egoísmo.

Estava para te dizer que me dei conta de que a mim foi dada a sina da interrogação. Sou como a esfinge que rumina os próprios mistérios e que esqueceu a resposta do grande enigma. De tão velha e cansada que está. Há uma fila imensa diante dela esperando inquieta. Alguns trazem notícias urgentes, outros tentam a sorte e lhe dão respostas para perguntas que ela ainda não aprendeu a fazer. Outros dizem: "Devora-me". E é quando ela descobre que esqueceu como usar os dentes. E as pessoas partem decepcionadas. Que coisa. Somos todos um só espanto, não somos? Todos querem a grande resposta. Mesmo que ela não exista. Precisam inventar uma.

Hoje estou assim. Sou aquela mulher que olha pela janela e sua silhueta se confunde com a paisagem desfocada do lado de fora. Aquela mulher que procura ansiosamente um apetrecho culinário na gaveta da cozinha e que para isso faz um barulho insuportável. Ela retira as conchas, as espátulas, os garfos de espetar carne. Esse algo que ela busca é de extrema importância, embora ela nem saiba como esse algo se chama.

É isso. Sou a mulher que revira a cozinha do avesso para procurar algo que ela nem sabe como se chama ou para o que serve. E que ninguém interrompa a sua busca. Ou diga que ela é em vão, pois esse é o seu maior medo.

Te conto: essa tarde eu tive uma visão. E queria te descrevê-la. Mas parei logo que comecei, pois eu estava começando a te desenhar um comercial de margarina ou a cena final de um filme épico. E isso seria uma mentira. É incrível como elaboramos o que vemos para não sofrer. Vou além então. Vou nas costas da visão que tive. Ando com essa mania de avesso agora. E a visão que tive foi: eu era. Eu era sem precisar de artifícios ou catalogação. E, dentro dessa visão, eu tive outra que era como a explicação da primeira, que me veio como um pedido burro, pois sou burra no apenas ser. Por isso a primeira visão me deu um glossário para que eu, na minha burrice, catalogasse o apenas ser. Veja como foi:

Na maternidade, logo que fui tirada da mãe, me levaram para o berçário e ali, por conta de um fenômeno assombroso, se esqueceram de mim. A enfermeira não colocou a pulseira que me definiria, e como o pai e a mãe também haviam esquecido o porquê de ali estarem, ninguém foi reivindicar a minha existência. E digo que foi a melhor coisa que me aconteceu. Nossa, eu estava tão livre! Ali, entre outras crianças com nome, identidades e cores que ditariam seus passos no mundo, eu era escandalosamente livre. Com o tempo, aprendi a tomar banho sozinha e me alimentar de mim mesma. Cresci com uma robustez de gigante. Andava pelas ruas e parques, fui a países distantes, morei em tantos sorrisos... Meus dias e noites eram de uma alegria absoluta. E só eram assim porque eu não sabia que eles eram assim. Eu voava, corria e nadava sem que ninguém houvesse me ensinado nada daquilo. O mais curioso é que durante todo esse tempo, durante essa minha existência, eu jamais pronunciei uma palavra sequer. Pois que as palavras são fruto da urgência, e eu não ansiava nada. Nem mesmo gesto eu era. Embora eu fosse a coisa mais bonita e vibrante que alguém poderia testemunhar. No final dessa visão, eu morria preenchida de plenitude, algo comparado à placidez canina no final de uma tarde amena. Nessa visão eu morria sem ter vertido um protesto que fosse, elaborado uma pergunta que fosse, ao mundo. Foi bonito. Já imaginou que liberdade não ser para só assim, realmente, ser? Sei que pareço confusa. Por isso volto a remexer as gavetas da cozinha e a praguejar baixinho por não encontrar o objeto que busco. E poderia terminar esse raciocínio dizendo que, afinal, o objeto que busco sou eu; mas isso seria banal demais. Volto então, já que não sei ser, à inquietação dos dias. E às minhas ponderações que são muitas, volumosas e impertinentes. Que grande vaidade. Eu sei.

Esses dias saí na rua contrafeita por ter perdido meus óculos. Estava tão nervosa que até ralhei com o carteiro. Que chato o prosaico quando estamos próximos de realizar uma grande descoberta. Andava de passo duro na calçada quando ao passar as mãos nos cabelos descobri que os óculos estavam ali o tempo todo. Talvez Deus seja isso. Talvez ele seja tão óbvio e tão próximo que não o reconhecemos. Pois adoramos o mistério e o drama. E ao me dar conta disso decidi que vou ser boa e plácida.

"Deus é a virtude exercitada." Escrevi isso ontem. Uma frase sozinha num grande pedaço de papel. O que é inédito pra mim, pois gosto de abusar das palavras. "Deus é a virtude exercitada". Te convence? A mim não. Uma pena, porém. Olha, as perguntas são muitas, Francisco. E a esfinge para mim está definitivamente velha e sem dentes. Estamos todos sós nesse vasto lugar. E desconfio que inventamos perguntas e dramas e também pequenas e infantis alegrias apenas para não morrermos antes do tempo. Mas ao escrever eu morro. Morro porque não sei usar artifícios. Na escrita não cabe a burocracia. Tampouco enxertos pomposos. Esses fenômenos corriqueiros e feitos para impressionar. Eu quero fazer um exercício contigo. Se quer tocar e ser tocado, escreva o que em ti te pareça obsceno. Ou pequeno. Ou até mesmo cruel. Nada tema. Ninguém te julgará por ser demasiadamente humano. Vamos a isso? Eu começo. E começo assim:

"Olha, eu vou morrer". Não agora. Não neste instante. Não amanhã ou depois de amanhã. Mas é fato que vou. E sei que não é educado falar de morte. Principalmente da sua. Mas é fato. Eu vou morrer. E essa constatação me alivia a busca. Pois sei que do outro lado existe outra busca. Por isso me acomodo nesta de agora. Tento achar na estrada uma cadeira confortável, um pouco de sombra, água e alguns rostos amigos. Porque os amigos são seres essenciais. Mudo também os sapatos. Esses pesados e cheios de claros objetivos não servem. São uma colmeia de inquietações.

Um dia, um místico me disse para ser livre, e que para isso eu deveria carregar o mínimo de peso possível. Ingênua, pensei tratar-se de coisas materiais, e então me desfiz da máquina de lavar e também do velho televisor. E assim fui levando os meus dias num encantamento sublime por me desfazer de coisas que antes julgava indispensáveis. Mas claro que não era a isso que ele se referia. O que ele queria era que eu me desfizesse do peso da alma e também desses ressentimentos que correm em nossas artérias e que deixam o nosso sangue grosso e escuro. Óbvio que não consegui. Não de todo. Mas tentei. Foi duro o processo. Os místicos e os santos têm um quê de sádicos e exigem de nós uma pele que não temos. E lá estava eu tentando agradar outro deus. Só que dessa vez era um deus nu. Nu e simples, que zombava, com seu rosto sereno, da minha necessidade de coisas. Desde então nunca mais olhei para uma estátua de Buda. E também parei de acreditar nos místicos. Embora eu continue indo na cartomante. As cartomantes pra mim são como uma espécie de mãe e oráculo. Gosto do *frisson* do presságio. O que elas fazem com as cartas é algo parecido com o que fazemos com as palavras. Não nego a minha vaidade e urgência em colocar sob os meus pés a fina esteira do impossível. É sobre a delicada confecção de um sonho que caminho. Cada passo meu segue então automaticamente calçado pelo extraordinário. É isso. Tudo o que vivo é de uma extensão aguda e divina. Por isso não me foi difícil dizer que vou morrer, pois não vejo a morte como um estado final. Aceitar a morte é abraçar a vida com ainda mais vontade. É só isso. É um consentimento mudo de que vivemos cada segundo sob uma áurea de mistério e maravilhamento. Não escapamos da morte. E não escapamos da vida. Tudo é afago ou corte. Não somos nós que produzimos. O que fazemos é elaborar e traduzir o espanto que é viver nesse assombroso modo de inconstância e à mercê do invisível. Somos todos reféns do impensável. Por exemplo, o sol hoje está forte e brilha. Mesmo sendo outubro, mesmo em pleno outono, ele brilha. Já ontem, o céu estava vestido de tormenta e pessoas cinzas me diziam barbaridades ao pé do ouvido. Hoje, ao sol, outras pessoas me sorriem. E amanhã o dia se vestirá de outra cor. Uma que ainda não conhecemos. Portanto perceba que o desespero é algo bem estúpido. Assim como também é o total maravilhamento. Se soubéssemos de modo bem introjetado que não detemos nada, seríamos bem mais pacíficos. Mas, claro, não é para isso que estamos aqui. Não mesmo. Som e fúria. Não é assim que disseram? Somos uma parede sólida e burra diante do fluxo constante das coisas. Mas se não o fôssemos, não poderíamos definir o fluxo, pois que seríamos parte dele. E é só porque ele nos atravessa com tamanha dor e violência que existimos. É o contraste que nos define. Para cada escuridão, a exata luz. Para cada erro, um acerto. Ou meio. Para a agonia, o gozo. Para o frio da alma o manto morno da experiência. E assim vamos. Dando e tomando tudo. Sem medir esforços e consequências. Vamos. Termino dizendo que para existir é preciso o sal, o açúcar e o sangue de todos os nossos dias. Mas é claro que isso, e tudo o mais que eu disser adiante, não será de todo suficiente.

Essa semana fui a praia. Fiquei lá por alguns dias. Achei que isso me amenizaria. Vivo tentando domar essa manada de touros que mora em mim. "Uma moça tão pequena e delicada". É o que dizem. Mas ninguém sabe que meço meu peso em toneladas. Mas não. Também sei ser leve. E bem que poderia caber no abraço caloroso de algum homem bom. Mas o fato é que tenho vertigens. E isso atrapalha o bom andamento das coisas. Tenho vertigens porque nomeio coisas que vejo de longe. Descubro que há uma febre constante na atmosfera que nos impede de ver a clara luz. Nossos pés são impedidos por anjos sujos quando caminhamos para a grata verdade. Por isso os nossos passos pesam. Por isso vivemos ofuscados, reféns de uma grande dúvida. Mas caminho pela praia. Insisto em ser boa e leve. O céu intensamente azul me fere os olhos. Pressinto a falta de ar do mundo. Sei que ele agoniza. Assim como nós agonizamos e tentamos atravessar o grande mar vermelho. As passarelas e pontes ruem diante de nós. E tento as reconstruir com essas letras e palavras. Sílabas que junto por puro desespero. Ou gozo. Mas nada é extenso suficiente para chegar ao outro lado da margem. Descubro que vivo à deriva. Não encontro o cais. Não encontro. E sufoco. Sufoco. Só as palavras me levam de volta à superfície. Saiba que já nascemos com risco de afogamento, Francisco. Enquanto no útero, o silêncio da água, a meditação da apneia. Ao chegar ao mundo, o grito. O ar a nos esfacelar as células e nos exigir: "Respire". Já nascemos pedintes. Não somos quadrúpedes por puro acaso. Nossa fronte é naturalmente inclinada diante dos mistérios da vida. Embora inventemos outros mistérios para dar conta dessa constante indagação no peito. E com isso nos sentimos menos desimportantes. Tenho medo. O mar me exaspera, o céu azul me exaspera, o sol e todas as coisas intensamente vivas me exasperam. Porque quero muito viver. E não sei beber a vida em goles. Por isso me afogo. Conheço a envergadura do mundo, o tamanho da sua violência e sua dolorosa beleza. Por isso temo. Por isso amo. Por isso sou. E é terrível ser. Os bichos não são. E é assim que são livres. Nós já nascemos algemados. Convulsionados. À espera. Somos credores contumazes do oxigênio que entra em nossas artérias. E se desligassem a grande máquina? Entenderíamos a sacra revelação antes do último suspiro? O que quero é falar das pessoas que rastejam. Das pessoas que rastejam e pesam. Das pessoas que rastejam, pesam e mesmo assim sonham com a leveza dos anjos. Há bocas que guardam uma filosofia secreta. Jamais revelada por pura incapacidade de interpretação. Porque tudo o que sai de nós está impregnado do que somos. E isso nem sempre é bom. Embora também façamos parte do grande sopro. Também criamos a grande vida. O ar me falta onde ele é mais abundante. Em plena praia, em uma tarde de ventania, eu sufoco. Mas não falo aqui de desistências ou morte. Embora o que eu escreva seja sempre urgente e fatal. Entro na água. Tento assimilar a luxúria das ondas que lambem essa costa. E me recordo que, das bordas de Portugália aos rochedos sombrios da Bretanha, escondem-se grandes respostas. Vozes guardadas para ouvidos inocentes que ainda haverão de nascer. Tenho medo do que eles possam me dizer. Temo ser a única testemunha de uma grande verdade ou da chave de um antigo mistério. De mergulhar no fundo das águas e delas sair pura e cheia de entendimento. Tenho medo porque sei que ao emergir serei apenas uma mulher com um punhado de areia se esvaindo de suas mãos. Desesperada por ver que a grande resposta se torna mistério novamente. E então serei apenas mais uma imbecil atormentada. Não quero ouvir essa voz que vem do fundo da terra, que traz um grunhido rouco que explica todas as coisas.

Não quero testemunhar nada. Porque não sei ainda falar essa língua estranha. Ainda não me nasceram guelras. Mas falo aqui de outro idioma. Um que ainda não foi escrito. Chega. Estou exausta. Tudo pra mim vira uma grande neblina. Saio da água e escrevo tudo isso enquanto caminho. Por isso meu pisar é torto. Sei que possuo um ar errante. Não aponto o que vejo para que a paisagem não perca o encanto. Ou se torne verdade. Ou mentira. Duas coisas perigosas e desagradáveis. Observe que o trem chega à estação sempre em atraso. Ou muito adiantado. Não existe uma hora certa para o nada. O instante deve ser colhido e sorvido. Seja ele maduro, verde, amargo ou doce. Eu sei. Minha boca está cheia. Mas não me ensinaram a mastigar. Sou então como a criança. Busco o olhar da mãe para me direcionar o caminho do deglutir a vida. Imito a sua voz quando canta. E silencio. À noite, quando durmo, volto ao grande leito de água em que mergulhei. E tudo fica muito claro. Estou no útero. Estou no útero e nado. Me agarro à morna placenta e tento sonhar em paz, temendo, sempre, a hora do nascimento. Sou pequena, covarde e frágil. E tenho a pele fina. Que queima com facilidade. Mas ainda ambiciono nascer. Nascer e sorver o mundo. Beijar as palavras do místico, tatear com a língua as sílabas do grande mistério. Sou vaidosa. Tudo em mim arde e grita nesse momento de glória. E o que sinto é de uma beleza quase ilícita. E descubro... Francisco, ainda está aí? Está. Sei que está. Descubro que já nascemos pedintes, é verdade. Mas ninguém pede com tanta fúria, intensidade e maravilhamento como nós.

Por tua causa escrevo coisas que ninguém entende. Por tua causa ando pelas ruas extrema e destacada. Por tua causa fiquei invisível, livre e só. O meu nome não causa nenhum efeito além daquele que causaria a morte de um cervo em plena estação de caça. Ou a queda de uma águia que se distrai do voo enquanto se entregava ao ato de amar. Pois que o risco de amar é incalculável mesmo para os bichos que não pensam e não especulam. Nada disso importa. Ando com uma sede e com uma fome que não podem ser supridas. Minha necessidade é primeva. Meu desejo é jovem. Meu entendimento é taciturno e doce. As escalas do que eu canto são improváveis. E não faço por orgulho. Pois se canto é porque em mim a música de dentro se torna ensurdecedora e grave. Há uma orquestra por trás de cada sentimento humano. O que sei é ao contrário. A agulha da minha vitrola toca de dentro pra fora. A música que produz é sinfonia antiga, e não melódica. Sei que sou inclinada ao improvável. As palavras me envergam as costas e pesam. Pesam muito. Mas é o único modo como sei voar. Já experimentou surpreender um pássaro em pleno voo, Francisco? Eu já. E é grande o seu assombro. Nessas coisas não se mexem. Não se inverte a ordem do que não foi inventado pelo homem. Os pássaros é que são felizes. Não ambicionam um horizonte próprio. Ao contrário dos homens, que inventam cores que não existem só para validarem sua ansiedade. Sei que divago. Sinto que o que produzo agora é ralo e inadmissível. É duro decantar ao meio-dia, quando tudo te manda ser prática e razoável. E eu não sou.

Sabe, às vezes aplaudem o que faço. Em outras dizem: "'Não sei o que fazer dela". Sei que sou inadequada e imprópria. Por exemplo, gosto de despir as vestes dos anjos. Mas não é erótico o meu gesto. É puro. Bem puro. No âmago de cada um de nós mora uma estrela ainda não numerada. Estamos em constante evolução. Um dia explodiremos. De total entendimento, um dia explodiremos. E tememos esse dia, pois o chamamos de morte. Mas o que ninguém sabe é que o entendimento vem depois da morte. E muito após do que os místicos chamam de céu e inferno. Atrás de cada gesto, Francisco, existe uma intenção muda. Mas falo do que é anterior ao gesto. Do comando que o corpo dá ao cérebro antes do pensar. E não me diga que é o contrário. Quero captar o pré-pensamento, que é a pré-história do homem. E também o pré-sentir. Quero fotografar a molécula que explode antes do impulso primata. Sou fascinada pela gênese das coisas. A palavra pra mim não deveria se chamar palavra e sim... E sim... veja que não encontro resolução para o caso. Mas sou fiel à crença de que tudo deveria se chamar de outro modo. E que deveríamos, por resistência sábia, chegar em silêncio de igreja antes do nascer dos acontecimentos. Milhares de estrelas anseiam por esse nosso entendimento. E é somente por isso que elas resistem e desafiam a ordem de uma gravidade severa. Sequer desconfiamos que tudo se sustenta no firmamento somente porque espera o dia de nossa ascese. O dia do nosso despertar. Por isso o mar ainda não engoliu nossos continentes, por isso os meteoros ainda não perfuraram o nosso solo e queimaram nossas florestas e nos tiraram de órbita. Por exemplo, entenda que um tsunami é um enigma dado aos homens minutos antes da grande queda, do grande desastre. O mar se retrai, mostra o seu leito nu e diz: "Decifra-me". Mas estamos aterrorizados demais pela ideia de perdermos a nossa pele. Então ele se articula, se arma, cresce, vira um colosso. E arrasta consigo tudo que é ingênua ignorância. Depois, como sempre foi, tudo recebe uma nova chance e perspectiva.

Pareço apocalíptica? Pareço. Mas não vejo nada de trágico no existir e findar das coisas. Tudo corre dentro de uma sincronicidade tamanha. Os pais que cerram os olhos de seus filhos, os heróis de guerra com suas fotos e condecorações, os amores perdidos. Tudo trabalha para o prejuízo da nossa vaidade. E isso é uma coisa boa, Francisco. Uma coisa boa.

Termino. Escrever cansa e a vida prática demanda alguma ordem. As pessoas me acham estranha por escrever tanto. Por não ver apenas o mar de extrema beleza diante de mim. Eu concordo. Mas já disse que gosto da luxúria das palavras. O mar está azul e calmo. Como eu que por agora nada sei e nada questiono. Eu e ele somos cúmplices e obscenamente belos nesse fim de tarde rosa e azul. Meus olhos adquirem um tamanho desproporcional e algo de bem longe e antigo neles se refletem. É bonito. Por isso aceito. Mergulho nas águas frias e espero um dia não esperar nada (sim, estou na praia novamente). O dia em que o grande mistério da vida será apenas mais uma distração para nosso irremediável tédio.

Acabo de descobrir que não possuo vícios. Talvez seja esse o meu maior defeito. Mas vivo em liturgia constante com as palavras. Junto com elas e por causa delas, uma clara luz me acompanha os passos e por isso sou confrontada por sombras altas e numerosas – eu que ousei desvendar o véu. E nessa hora me sinto acometida por violenta febre. Minha pele embebida em mormaços. Mas não sei o que quer me dizer a palavra. Por isso chamo por ela todos os dias. É a minha reza. E ela se cansa e me maltrata. Sei que em vinte anos terei o mesmo ar atônito. Carregarei a mesma perplexidade diante do nascer e do morrer dos dias. Serei velha, submissa e sem nenhum mistério. Obedecerei a mania que a vida tem de nos desmembrar as vontades e de nos eviscerar os brios. De nos deixar expostos trêmulos e cordatos. Envelhecer é confirmar o inegável. Somos todos órfãos do grande alívio. Mas é de outra ordem o que sinto. Eu que não fui convertida nem iniciada. Que não sou santa por falta de esmero. Nem pagã. Porque me faltou coragem. Mas trago na fronte a marca do fogo. E as mãos ainda atadas pela antiga corrente das bruxas. Afago em mim esse mistério de sangue e doçura. Gosto de repetir cantos em línguas indecifradas. Busco o segredo que mora por trás das pedras. O mar é minha casa. Minha pele é descanso e sal. De dia, desço as falésias e me banho nas grutas. As sombras me guiam o mergulho. Sophia me ensinou a buscar as coisas ocultas de olhos abertos. Decifro inutilidades. Coleciono conchas e enigmas. Crianças de bronze me contam segredos. Volto pra casa com ar sereno e fatídico. À noite durmo sozinha em uma casa grande. Mas não tenho medo. Os ventos do Algarve me protegem do resto do mundo.

Mas é ao me deitar, segundos antes de adormecer, que me dou conta; se em mim dói, é porque não me corrompo.

Acordei no meio da noite, assustada, suada, aflita. Não entendo porque somente eu ouço essas vozes. Você não? Eu ouço. Um lamento rouco corta a longa noite. E então me dou conta de que vivemos muito distraídos. E a ditadura avança, Francisco. O silvo agudo da culpa haverá de nos acompanhar no escuro de nossos dias. Sabemos que de nossas mãos também escorre inocente sangue. Também somos cúmplices do grande pecado. Ouça, os ditadores continuam a marcha sobre a cabeça dos órfãos de pensamento. E ganham terreno. Nós sabemos e calamos. E o silêncio dos que calam pesa em grama de ouro. Pois carrega uma luz ofuscada e omissa. Também somos artífices da escuridão, nós que nada dizemos. Também somos a mão de tortura sobre a cabeça dos rebeldes. A culpa haverá de cobrar o alto preço de nossa covarde mudez. É isso, Francisco. É isso.

    Sei que preciso parar com isso. De sentir as coisas assim. Deixar a pele ao vento é muito perigoso. Quero terminar de te escrever. E estou quase terminando de te escrever quando finalmente descubro: estou no deserto. E essa longa missiva perde o tom pessoal. Agora não falo de mim. Nem de você. Falo do mundo e todas as coisas que nele se escondem. Quando pequena, em dias de calor, procurava na areia da praia o frescor da terra úmida e mais escura. Eu gostava. O cinza arroxeado da areia me acalmava o ardor dos olhos. E hoje vejo que a vida sempre me ardeu os olhos. A existência sempre me foi abrupta. Mesmo as coisas mais maravilhosas me vieram com violência. E a felicidade sem prévio aviso assusta e causa taquicardia. E eu era descrente. Fui descrente em todas as vezes que fui feliz. E infeliz também. Sempre acreditei que algo mais iria acontecer após. Sempre quis o seguinte. Vivo no após. Por isso esse ar célere. Embora minha voz seja calma e doce. O corpo é sábio em disfarces. E eu buscava na areia fresca e escura os mistérios. "Chega-se até a China se cavarmos com afinco". Diziam. E eu sonhava com realezas das quais eu desconhecia as vestes e as cores de suas bandeiras. Na areia grossa, úmida e imantada de sonhos, eu me protegia do mundo de fora. Ouvia apenas a voz de dentro, aquela que me prometia banquetes com fenícios. E então eu dormia sob a companhia de fadas. Mas hoje sou adulta. Assim o dizem. E os mistérios são outros. A busca é severa e urgente. Embora ainda se brinque com os pássaros e se colha flores pelo caminho. Mas eu dizia "estou no deserto". Sedenta e desamparada. Meus pés queimam na marcha. Sacrificam a sua pele. E por debaixo dela cresce outra. E outra. E ainda outra. E o fato de não saber para onde andam não modifica a convicção. Minha fronte conhece apenas o adiante. Começa então uma tempestade. Partículas mil, mil partículas douradas me envolvem em arabescos. É uma chuva que corta meu corpo ao meio. À noite, o frio severo. Mas resisto. É com uma espécie de fé mágica que vivo. E para esse viver estou na intensidade de mola pressionada. Não há barreiras para o conhecer. E isso me inebria. Tudo o que eu toco ou vejo possui para mim um magnetismo irresistível. Por isso vivo atribulada e perdida. É assim. É assim.

Hoje vim caminhar *au bord du* Tejo. Engraçado, não? De uma forma ou de outra, estamos sempre lembrando da França. E daquela cidade que nos marcou de modo tão significativo. Paris e suas luzes trêmulas, o Sena, até mesmo Asnières e seus cais mal cuidados com um quê de rebeldia e vandalismo possuem o seu charme. Vivemos tanta coisa ali, não foi? Acho que é por isso que ando por aí meio incensada, meio fugidia. Sei lá o que é isso. Estar sempre à margem da margem. Como aquela bruma que sobe dos lagos nas manhãs frias. Ninguém explica. Nem sabe para onde vão. Mas se sabe que elas existem e que, por existirem, nos trazem nostalgia. E que, por nos trazerem nostalgia, muitas vezes não queremos olhar para elas. Somos assim. Eu sou assim. Vivo tomada por uma vertigem que é a consequência de uma profunda lucidez sobre todas as coisas. Por isso dói. Por isso fujo. Por isso evaporo e fico ali grudada às bordas de alguma catedral à espera do momento justo para existir. A hora exata. Ela existe? Existe. Eu sei que existe. É que a vida real, ou essa que inventaram como real, anda tão dura, Francisco. Ninguém mais quer falar sobre sublimidades, ninguém traz consigo sequer uma gota de poesia no peito. Então fica tudo árido, tomado por um cinismo super-iluminado. É isso. O cinismo é como a luz fria de um hospital ou do saguão de um aeroporto. Não há nuances, meia-luz, nenhum espaço para sonhar ou fazer sonhar. É isso. Ando bêbada dessa lucidez. De saber que o mundo virou em um avesso estranho, estudado, estético. E como faço para sobreviver a isso se sou tão amorosamente selvagem? As pessoas inventam fórmulas ou compram fórmulas prontas para sobreviver. A formação profissional, uma promoção na empresa, aquele carro invejado, um casamento pomposo ou não, depende do que estiver na moda. E agora viralizou essa coisa de ser *cool*, fazer uma viagem ao deserto do Atacama, escalar o Everest, tomar um chá de Ayahuasca. Tudo percurso já feito, repetido por pura falta de imaginação ou coragem. Cumprem papéis, alcançam metas, vivem com *pins* de *best of the month* grudado no peito. E são cínicos. Muito cínicos. Cospem no romantismo, na espiritualidade ou em qualquer coisa que os transcenda, pois que é necessário o controle. Até flertam com o Dalai Lama, mas é só porque *Orange is the new colour*, sabe? Estou sendo muito pessimista? Talvez. Esse é o papel do escritor. Relembrar as pessoas que elas ainda não estão mortas. Que podem até estar morrendo, mas que ainda vibra dentro delas uma faísca de nobreza, de delicadeza. Enfim. Acho que o romantismo nos dias de hoje é o que há de mais moderno e revolucionário. Mas claro que só irão descobrir isso daqui há uns quatrocentos anos. E eu sou romântica sim. Não burra, alienada, mas romântica. A vida não é fácil. Nada é. E exercitar a beleza de nossos corações é a única escolha sensata. Vivo lúcida nesse mundo. E isso é uma pancada. Gostaria de ter a sutil destreza dos ébrios que se equilibram entre a razão e a insanidade. Mas não entendo nada de ilusões mínimas. Nada sei sobre entregas permissivas, essas pequenas indulgências com as quais nos presenteamos, ou a que nos obrigamos, para continuar resistindo. Ainda não fui tragada pelo grande ópio da vida.

Não cedi às pequenas ilusões do cotidiano que bem poderiam me facilitar a existência. E ainda tem essa coisa da espiritualidade. Isso de eu oscilar vertiginosamente entre os dois mundos. O dos vivos e o dos mortos. Foi cravada em mim a marca e o peso da testemunha. E para agravar meu estado, deram a mim, logo a mim, essa pouca capacidade em expressar o que vejo. Sinto-me como um cego a tentar descrever em detalhes o que nunca enxergou, mas que de alguma forma viu. Entende? Como um mudo que insiste em cantar uma ária, apresentar uma ópera. Pobre de mim, Francisco. Se meus olhos fossem arrancados mais paz eu teria em meu coração. Mas não. Escrevo e escrevo. Mas termino. Quero terminar. Devo terminar.

Antes de terminar eu quero falar ainda sobre a claustrofobia das horas dispersas, que ainda que dispersas se fecham diante de nós, tombam sobre nossos pés, enclausuram-nos os passos, finitas e frias como lápides. Incógnitas e sem epitáfio, mas ainda assim herméticas e ao mesmo tempo silenciosas como esfinges irônicas. Como me pesam essas horas insones, Francisco. Horas em que acordo no meio da noite tão nua de mim, tão órfã das coisas de que me alimentei durante o dia. As ingênuas convicções e os pequenos e sórdidos acordos que fazemos durante o dia para sobreviver. Nada disso possui voz ou cor na noite escura que se estende à revelia do sono. A noite insone é como um abutre de longas garras a arrancar do teu peito todas as ingenuidades do dia e a te deixar no frio do tempo, no sereno fantasmagórico de uma realidade trêmula e hostil.

Espectros de outro mundo vêm reivindicar o silêncio que são obrigados a manter sob a luz do sol e me cospem no rosto seus conceitos e realidades inconcebíveis. Me ditam versos, conspiram revoluções, narram mirabolantes fábulas. Nada sei o que é real ou imaginário. Suas gargantas febris não cessam de me lançar perjúrio ou excessos de gentileza. Em seus modos abstratos, eles teimam em decifrar a razão das coisas, o sentido da vida, a solução para as dores do amor e para a profunda melancolia humana.

É insuportável. É tudo o que digo. Insuportável. Mas eu sirvo aos seus propósitos. Se são nobres ou não, desconheço. Sirvo. É tudo. E depois eles me largam em uma esquina úmida, uma espécie de vala de indigentes do etéreo. O escritor é um ser prostituído pelas palavras. É uma entrega de muita vontade e de pouco, pouquíssimo gozo. Mas cansei de ser abstrata. Quero o concreto. Quero.

Olha, no próximo parágrafo vou te falar tudo. Sintetizar em um bloco tudo o que passa na minha cabeça, na cabeça dos outros, na dos bichos, resolver o problema da dívida externa (ainda estamos devendo?), do desmatamento da Amazônia e, de quebra, resolver o conflito da existência humana. Vamos a isso?

Começo dizendo que estamos no meio de uma pandemia. Há mais de um ano uma fuligem invisível tem se infiltrado no coração dos homens, e eles têm morrido. Morrido não. As pessoas têm desaparecido, Francisco. Como pontos luminosos de uma cidade vista de cima que apaga suas luzes para receber a manhã. Só que não tem havido um amanhã para elas. E estamos todos temerosos por constatar que talvez não haja um amanhã para nós também. Não se trata de uma guerra, Francisco. Ou de uma catástrofe natural, um tsunami, um terremoto. Não. Nada do tipo. Não se trata de um atentado ou um atropelamento coletivo, uma bomba atômica que explodiu por descuido das mãos de um funcionário relapso e entediado. Não. Esqueça Chernobyl, Hiroshima, Vietnã, Iraque. E todas essas coisas justificadas pela insanidade humana. Trata-se de um vírus, Francisco. Um vírus pequeno, mutável e mortal. As pessoas entram hoje no hospital com uma tosse, amanhã estão com setenta por cento de seus pulmões comprometidos, são entubados e morrem afogados pela falta de ar no dia seguinte. A família não pode ver o corpo. Um saco é fechado sobre a existência dessa pessoa. Pra sempre. Uma fechada de zíper e pronto. Não importa se foram felizes, nobres, altivos. Se possuem filhos, netos, amores ainda por vir. Não. Um saco escuro, uma reza de longe no cemitério e pronto. Por isso eu disse que elas estão desaparecendo. Simplesmente desaparecendo. E isso é algo inédito para o homem. Porque as guerras e suas bombas são legitimadas economicamente. Haverá sempre um ditador enlouquecido, um banqueiro inescrupuloso, um empresário em busca de um negócio altamente lucrativo. Não. Essa gente por nós já conhecida não pôde atuar desta vez. E é isso que tem me intrigado. O homem não possui nenhum poder de decisão desta vez. Sim, até existem conspirações de que o vírus foi fabricado; não sei se acredito nisso. Prefiro pensar que o impensável tomou lugar no mundo. Finalmente. Pois andávamos arrogantes demais. Essas coisas de penicilina, de pisar na lua, de estação espacial em Marte deixou o homem onipotente demais. E para ele não se transformar num vilão batido da Marvel, o impensável veio e nos trouxe isso. E te digo que até comemoraria, pois tu sabes que gosto de ver a redenção do homem. Só assim ele cresce e fica bonito e manso. Mas não comemoro porque a coisa é mesmo assustadora. As pessoas estão desaparecendo. Andam mascaradas nas ruas temendo a morte no hálito dos passantes. Coisa densa. Eu tenho sobrevivido. Eu, assim pesando poucos quilos, leve e fugidia, romântica e oitocentista, um prato cheio para doenças pulmonares, tenho sobrevivido. Incrível a resiliência e a robustez humana, não? Tenho sobrevivido. Escrito sobre nos jornais, nas revistas, nos muros. A poesia, mesmo que apocalíptica, nunca esteve tão presente e nunca foi tão necessária. Por isso tenho escrito sobre, falado sobre, chorado e gargalhado sobre isso. E principalmente observado. Observado os seres humanos e o modo com que se apegam à vida ou como abrem mão da vida. Ou como negam a vida, ou a morte. Esse último ano foi uma profusão de arrebatamentos. Uma pandemia. Coisa mundial. Pode imaginar? Teus amigos morrendo, teus parentes hospitalizados, teus ídolos indo embora. É isso. E te digo que a humanidade nunca mais será a mesma. Nunca mais. E a literatura, a poesia serão a arqueologia mais precisa deste momento. A história falará de números e mudanças geográficas, os noticiários de estatísticas, os políticos de estratégias, mas a poesia falará de como nos sentimos ao passar por tudo isso. A poesia é a arqueologia da alma, a testemunha mais próxima e contundente do sentir. E por isso hoje é que sei porque escrevo. Não é pra mim. Não é para você. Não é para uma meia dúzia de admiradores. É para que um dia, no momento após, vençamos ou não a catástrofe, alguém possa pegar um pedaço de papel perdido no tempo e se conectar com esse sentir. Um eco. Somos um eco à serviço, Francisco. Precisamos estar atentos e sensíveis. A humanidade não tem tempo pra escrever ou para sentir isso. Não com o preço atual do leite e o aumento da gasolina. Nós temos que fazer isso. Nós que nascemos tortos e esquisitos e à margem, e aflitos e corrosivos e doces, e pedintes. Nós devemos isso. É a única razão de estarmos aqui. O que mais posso dizer... Ah, sim. A ditadura está voltando em meu país. Coisa sinistra, terrível mesmo. Fabricaram um *clown* de fardas que fala obscenidades. Que é homofóbico, sexista, machista, a favor das armas e da pena de morte. E pasme, Francisco. A turba comprou seu discurso. Não é impressionante? Mas acho que isso se dá porque nossa democracia foi e tem sido construída de modo muito brando para os parâmetros humanos. Não tivemos guilhotinas e cruzadas. Uma revoluçãozinha à toa no Sul, um inconfidente morto no Sudeste, mas nada que sacie a sede de sangue que possui a História. Ah, a vaidade humana! Matam, dizimam, nem que seja para ter mais páginas nos livros de escola e mais telas pintadas em ode, ou estátuas e bustos. O homem é aficionado por um busto na praça, não é? A criatura dedica a vida inteira a isso. Mata mulher, mãe e filho, rouba o lanche das crianças da escola de Primeiro Grau do interior de Juazeiro, troca a única ambulância do município por um conversível só pra ser eterno. Um nome escrito em bronze. Uma eternidade em pedra para os pombos fazerem a festa. Enfim. Mas a ditadura se instala em nosso país e dessa vez com grande aprovação. Eu tenho me arranjado como posso. Deixei o país, me instalei em Portugal. Daqui escrevo, berro, xingo, coisa que se fizesse no Brasil estaria correndo risco de vida. Aliás tem muita gente asilada por precaução. Terrível. Mas tenho tentado contribuir, porque a literatura, a arte são a única chance de levantar o grosso véu de estupidez que acomete os homens. Mas talvez a pandemia esteja fazendo isso. Assim espero. O que mais? Bom, amei muito, gozei um bocado (ainda é feio a mulher falar isso?), tive o coração partido, claro, já que essa é condição *sine qua non* para um poeta. Me livrei de um monte de gente besta e angariei outras tantas, porque sou poeta, mas não sou de ferro. Ando mais serena, mas nunca cínica. Por Deus, cínica jamais. E ainda espero pelo grande amor. Se bem que tenho tido um tesão ferrado por mim. Poxa, veja só. Venho me sustentando há mais de trinta anos, me livrado de um monte de picaretas, aprendido toneladas, me mantido saudável, genuína. Melhor que isso ninguém poderia fazer. Acho que o homem da minha vida sou eu mesmo. Mas sonho em encontrar um grande amor. Pois continuo com essa mania de ser grave. É isso. Finalizo o parágrafo sem ter resolvido o conflito da existência humana. Mas me sinto mais humana do que nunca. O que já deve ser muita coisa.

Depois da nossa última conversa, depois do último parágrafo, decidi ir a fundo nessa coisa de viver com clareza, sem grandes conflitos. E comecei a perseguir o tal momento único em que decidimos ser felizes. Quando o mundo para de girar pra que finalmente possamos entrar nele e fazer parte dele em sua totalidade. Cansei de ser uma engrenagem emperrada, uma peça faltante. Mas não falo desse mundo vil aí não. Falo do mundo inteiro, do universo e de todas as coisas. Estou em busca da hora máxima. Que não é o ápice, não é a felicidade, não é o arrebatamento. É uma hora em que nos damos conta de que a vida passa e acontece à revelia de todas nossas inquietações e projeções. A hora em que nos damos a ela, servis e selvagens. É possível chegar até ela. Acredite. É uma espécie de aceitação e rebeldia, pois a vida gosta de pessoas sagazes. A hora boa, Francisco. A hora mais pacífica. E para chegar até ela, começo a minha busca. A primeira foi com um xamã. Até me casei com um indígena. Uma cerimônia linda. Mas não conto detalhes. Como sempre vou direto para o vapor das coisas. Decanto as coisas concretas e te dou o néctar. Ou o que sobra. Veja o que aprendi nessa minha viagem:

Os Maias eram um povo dedicado a observação do céu e ao estudo do tempo. Os índios se enfeitam e cantam. Se enfeitam e cantam para a guerra, para a morte, para o nascimento. Tudo é uma grande busca pela beleza. E nunca se viu ou se verá coisa mais bonita. A grande beleza. Eles também buscam a grande hora. E eu os compreendo porque também vivo em uma espécie de saga antropofágica. Estou sempre a preparar chás para os meus rituais. Cada passo meu segue embebido de uma liturgia, de uma intenção sacra. Mesmo que seja uma liturgia pobre e dura. Mas é o meu modo de transcender. Tudo é a justificativa de uma grande busca. Também eu quero atravessar o grosso mar. E encontrar o meu povo em estado de infância. Já imaginou vislumbrar tamanha beleza? E também tamanha atrocidade? Pobre de mim, eu que ousei. Eu que quis. Minhas velas latinas, essas boas para navegar, tem sofrido as marcas do tempo. Estou ficando velha, Francisco. Dom Henrique, o casto, foi o primeiro astronauta da humanidade. As naus que construiu são mais mágicas e potentes que os foguetes que foram à lua. O homem deveria mesmo era navegar na terra onde pulsa o seu sangue. E não possuir nada. Quando os astronautas chegaram ao espaço, disseram sobre a Terra "Ela é azul", e não "Nós a descobrimos". Não se descobre o que lá já está. Não se pinta com cores nossas o que para nossos olhos é inédito. Não se molda o que nosso tato não alcança. O nome disso é barbárie. O descobrimento então é uma palavra dura, egoísta e bastante excêntrica. As navegações colonizadoras eram a pesca aprimorada de um povo entrincheirado. Atrás, o inimigo. À frente, o mar. As redes e os artefatos de captura e escravização se tornaram então avanços nefastos de uma tecnologia arcaica, em que o homem faminto não vê nada além de alimento e posse. É feio isso. Bem feio.

Veja o quanto é importante conhecer a geografia dos teus passos. Estar consciente do traço que eles deixam na terra. Veja que desde que o mundo é mundo uma onda de barbárie passeia por suas planícies. O homem pré-histórico, os dilúvios, as divisões dos continentes, os romanos impondo o seu latim vulgar, os holandeses comprando Manhattan por míseros *cents* e tudo mais que hoje entendemos por grandes nações. O genuíno sangra desde os mais remotos tempos, meu caro. Os europeus se orgulham de serem herdeiros da cultura greco-latina. Mentira. Foram os árabes que os ensinaram. O algarismo arábico ensinou a Europa a fazer conta. E as mulheres a dançar. Os homens ambicionam tanto. E eu só preciso das horas calmas para existir.

E gostaria de viver em terra firme. Mas é por ser também filha desta terra e do sonho dessa gente que o mar me é irresistível. "A noite chega e a alma é vil", como já disseram. Também me embebedo da água que vaza do oculto. Não sou também filha da África? Então também em mim o mistério. Meus ossos são banhados de misticismo. Sou mística e perigosa, aviso. Mas sei ser grande. Sei ser boa. O canto dos orixás me atravessa o peito. A velha África é como uma mãe de corpo farto a me chamar. Por isso esse zumbido constante no ouvido. Por isso a minha inquietação sem trégua. A culpa foi inventada para traduzir os tambores dos negros, Francisco. Para fazer calar o canto dos indígenas. Tamanho era o espanto do homem branco ao lidar com tanta beleza.

Mas é isso. Temos sobrevivido em passos curtos. Tudo é uma grande travessia. E os meus poemas não fazem dormir os homens maus. O que escrevo não acalenta as crianças. Meu verbo existe apenas para afagar o caos. E se não o convence, se não o doma, ao menos o provoca. Sou insana, eu sei. Não haverá mãos amigas para acolher minha alma em frangalhos quando a desembarcarem no cais. Serei uma indigente. Como tantas. Como sempre. Se não conheci música de ninar, não conheço tampouco o canto das carpideiras. Minha morte não será célebre porque foi anunciada logo ao meu nascimento. Não há em mim algo que esse mundo reconheça. E eu gosto disso. Gosto. Minha vingança, se é que possuo uma, é não caber em nenhum espaço. Estarei sempre sobrando. Ou faltando. Mas nunca poderão dizer "Ah, cá está. Aqui ela fica!". Não. Gosto de decantar. E não me comovo com os desastres que me acenam. Uma vida solitária, sem entendimento mútuo. Sem interlocutores. Não. Sei o tamanho da beleza que me aguarda do outro lado. Por isso insisto. Tudo é uma travessia, Francisco. Uma grande travessia. Chegaremos arfantes e confusos do outro lado da margem. E não saberemos mais de onde viemos. O outro lado da costa foi engolido. Tudo que construímos com nossas mãos temerosas e cínicas desaparecerá. E é então que levaremos nos olhos o mesmo olhar redondo e pedinte dos órfãos. O mesmo frio nos ossos. Nossa vontade será grossa e urgente. Nossa memória, turva. E nossas mãos estarão sempre em rogo. Mas nossa pele ficará mais fina. Estaremos mais sensíveis às estrelas. E os anjos haverão de visitar nossos sonhos.

Ho' oponopono é um terço oriental onde se repete os pedidos de perdão e agradecimento. E também de amor. Com as palavras, faço o mesmo. Repito-as como se tocasse as rodas de um templo zen. Como se desse corda ao tempo. Para que assim ele continue farto e indulgente conosco. A escrita é o meu modo de tocar os sinos. O meu grito por cima da cabeça dos bárbaros. A pedra que afia o fio de todas as coisas cortantes. É a minha singela trombeta apocalíptica. Imagine: meu pé pequeno e fino fincado sobre o mar, o outro pé sobre o continente perdido. Este de agora. A escrita é o meu grito. O meu soluçar. E é também o meu canto. Uma nota acima do que a voz humana alcança. Canto para que o mundo durma. Para que os mortos levantem. Ou parem de gemer à noite.

Te digo que o meu compromisso com as palavras é este:

também quero desarticulá-las, machucá-las, tirar delas as partes duras e ficar apenas com a sílaba mole. Quero apenas a sílaba que sai da boca de uma criança. Uma essência transmutada. Um afago. É isso. Quero transformar a complexidade das palavras em mera interjeição. Um impulso de ternura. Hei de conseguir. O mundo haverá de retornar à sua essência analfabeta, em que inventávamos murmúrios e suspiros para expressar um sentimento. Quero a redenção de todas as coisas. Sou assim. Não há quem tire dos meus olhos a trágica paisagem que antevejo. Sou fruto de uma véspera dura e aflita. Filha de uma vigília arrastada, rezada, temida. Vivo supliciada entre o sentir e o expressar. E as palavras são tudo o que possuo, entende? Mas é doce também. É doce.

Sei que não há beleza em mim quando fico assim extremada. Quando estou assim, o gracioso não me alcança. E então sou como a minha terra. O sertão, cuja beleza não está no gracioso, e sim no grandioso. Grandioso e terrível. E quando fico assim passo a andar com a ameaça de um impiedoso sol sobre a minha cabeça. Ameaça de vida e de morte. Por isso sou irremediável e soturna. Trago o peito cheio de marcas antigas, das quais não me lembro ou não sei traduzir. Sou filha de um povo marcado, Francisco. Tu não entendes. Embora tenha em ti o sangue dos mouros. Mas eu sou um retalho contorcido e posto ao sol. Os nativos da minha terra foram dizimados pelo teu povo. Secaram nossas fontes, rasgaram nossas identidades. E depois vieram os escravos. Gente também atônita e marcada, assim como a minha. E a profusão de mercadores, prostitutas e especuladores de terra vindos da tua Portugália como um enxame de gafanhotos a dizimar aquela terra verde e ingênua. Entende a gravidade disso? Por isso eu te digo que é impossível não ser extrema e urgente. Impossível. Minhas digitais seguem apagadas assim como as do meu povo, e por isso eu ando por tantas planícies. Por isso essa peregrinação sem fim. Busco encontrar a minha mãe primeira. Aquela sem nome e sem mácula. Por isso cavo com as palavras, com palavras duras, essa terra também dura e insana. A tua terra. A tua terra. Quero a verdade. Porque eu sei que ela dói. Quero a dor do saber. Mas sei que sou filha de ninguém. Pois sou filha de todas. Sou filha das Sebastianas, das Jandiras, da minha terra de verdes mares. Filha das pretas que, estupradas por seus donos, pariam em silêncio nas senzalas. Algumas até mesmo apaixonadas por eles. Quem explica isso? Sou filha das meretrizes, das putas e das moças sem dote vindas da tua capital para refazerem a vida naquela terra infante que limparia todos os pecados e atrocidades da tua gente. Sou tua filha também, Francisco, filha do teu pai. Somos um incesto. Tudo foi feito a partir de um grande incesto, de um grande e promíscuo flerte. Meu país é fruto de uma grande orgia entre índios, negros e europeus. E também sou filha dessa grande culpa. Refém desse teu catecismo ensaiado e político. Dessa religião de latifúndio que realizou o etnocídio do meu povo. Meu povo ingênuo, que corria nu e livre pela mata porque não conhecia o pecado. Tenho raiva, Francisco. Raiva de ti e da tua gente. E amor também. Somos assim. Por isso a minha pele queima quando me tocas. Por isso enlouqueço quando lembro das tuas mãos em mim. Queria falar das tuas mãos em mim. Mas tenho medo que a minha mãe leia este livro. Ainda sou a mesma menina do catecismo, a mesma criança que espera o pai na porta de casa de vestido novo. A mesma menina que espera a aprovação do pai. E que agora espera a tua. Mas não devia esperar. Se sou mais pura e mais nobre que tu. Mas a dignidade não tem voz na paixão. Nem nesse teu mundo tão torpe e concreto. Mas, olha, isso é coisa passada. Passada mesmo. Eu já nem te amo mais. Se te escrevo é para travar esse diálogo último, uma espécie de travessia antropológica. É isso, revisitemos nossos fósseis, façamos a arqueologia de nossas espécimes e depois cada um pega a sua caravela e vai apresentar suas descobertas em algum museu. Quem sabe terminaremos nossas vidas velhos e tranquilos, orgulhosos por termos o nome inscrito em uma placa de latão a nomear algum instituto ou biblioteca? Mas até lá, Francisco, é ferro e foice. Porque uma mulher não se cala. E uma mulher como eu então... E tu sempre foste bom ouvinte. Um pouco blasé é fato, mas ouvias. Ouvias. Termino esse colóquio porque sei que o te dou é pouco. A fome do homem não tem fim. E a tua, meu Deus..., mas o que te dou é pouco apenas porque és burro. Mas prefiro que sejas assim, burro e previsível. Para que eu possa te eviscerar nessas páginas. É melhor que não me surpreendas. Quando és mal, eu sei como agir. Mas quando és bom, coisa que nunca foste, fico desconcertada. Volto a ser aquela criança na porta de casa esperando o pai. Seu vestidinho estúpido rodopiando pela sala. Uma felicidade patológica lhe consumindo o peito pequeno. Ninguém aguenta amar assim. Por isso prefiro quando são maus. Do mau sei falar e sei me defender. Gosto da luta. Então permaneças mal, Francisco. Para que assim eu continue a não te dar nada. Apenas a minha raiva, que é a minha forma mais contundente de amor. E te dou também as minhas palavras. Inúmeras, fartas, cortantes, belicosas. Sei que os homens possuem pouca resistência à verborragia feminina. Por isso capricho. Sou prolixa, vaidosa, injusta. Sou má. Muito má. E o que te dou é pouco. Porque te dou apenas o que eu quero. Não é assim a convivência humana? Te dou então o meu convulsionado verbo. Essas palavras soltas, desatentas e que ferem. Mas que não querem ferir. A palavra é mais forte que eu. As letras são como garras a me arranhar as costas, a me desorganizar os cabelos. Elas escalam meus muros no alto da noite e pedem para fazer sentido. São egoístas e vaidosas. Querem ser palavra. Querem sair do limbo das coisas não ditas e que meus dedos as salvem. Pois na simples junção de meia dúzia delas se faz o mistério. Veja que com três sílabas eu construo um enigma. Uma chave a ser aberta apenas por corações puros. Ou tão inquietos como o meu. O verbo zomba desses caracteres soltos que precisam do sopro tosco dos mortais para existir. Pois que ele é conjugação própria. Sem ele o ser não existe. E eu não queria nem uma coisa, nem outra. Nem as letras sorrateiras a brigarem embaixo da cama, nem o verbo imponente e lustroso em cima da estante. Quero o sossego das horas mudas, intraduzíveis, o momento em que a plena vida se dá sem acabrunhamentos, sem articulações ansiosas. Te falo então dessas horas raras de silêncio absoluto, geralmente no meio da noite, quando metade dos homens dorme e a outra metade se ergue sonolenta e ainda sem pecado. O momento entre a lucidez do santo e a euforia estúpida e quase infantil do bêbado. Essas horas em que o coração dos homens fala em linguagem de criança. É essa hora santa que busco. Vou dizer uma heresia: acho os livros uma pobreza, devo admitir. E também toda essa coisa de manuscritos antigos, de inscrição pré-histórica nas cavernas. Por que o homem inventou de traduzir o que vive? Os bichos não elaboram. Não constroem esteiras diante de cada passo. A hora do nascimento e da morte são para eles momentos iguais. Uma emoção forte lhes comove o peito. Eles sentem, sentem e só. E assim também se dá no momento de sorver o alimento. E também para procriar. Tudo para os bichos é um ápice ingênuo e sem nome que recebem sem pestanejar. A morte, o coito. Tudo é parte de uma só coisa. Por isso eles não sofrem. Os bichos não confabulam o futuro de outros bichos. Embora articulem estratégias de caça. Mas eles não pensam. Guiam-se apenas por instinto. Sua existência é um pulsar. Eu queria ser bicho. Algo que fosse grande e imponente e que voasse. Sim, que voasse. Mas veja que se eu fosse bicho minha estatura não me traria nenhum conflito além daquele de ser mais propícia a minha morte ou sobrevivência. Mas se o bicho não sabe o que é morte... O homem só sofre porque sabe que é homem. Se vivesse apenas ao sabor acidentado das horas, ele nadaria em um mar de serenidade. Mas, se assim fosse, quantos mestres zen teríamos? Seria então também desse modo a vida insuportável.

Voltemos ao princípio de tudo então, Francisco? Veja: o feto é fruto da amálgama de fluídos e células do pai e da mãe, certo? Assim se constrói o seu corpo. De onde vem a sua consciência ainda não se sabe. Se de uma partícula de fogo de um grande

Eu ou do barro soprado por um senhor barbudo e entediado. Assim sendo, nas duas hipóteses, podemos crer que o homem já nasce em pedaços. É feito de intersecções, e uma intersecção sempre será. Por isso a melancolia nos ossos. Esse corpo orgânico, apesar de ser o transporte da sua existência, torna-se também uma prisão. O homem é um ser cósmico que intui vagamente que pertence às estrelas. Por isso o tormento. O ser ou estar. Percebo então que o verbo só existe para dar vazão a dor humana. A conjugação de seus atos e pensamentos é uma justificativa para sua ignorância. Ele ignora, por isso questiona. É terrível. E também engraçado. Chega a ser cômica a existência humana... Não fossem esses momentos de hora plena e clara em que somos mansos, litúrgicos e silenciosos, em que somos respeitosos e tementes assim como são os bichos, nossa vida seria de todo inviável.

Sol. Hoje sol. Os dias têm me visitado assustadoramente belos. O céu é de um azul escandaloso e tenho um medo imenso de ser feliz. De descobrir que estou no limiar da descoberta de que esse é o meu lugar. Que aqui pertenço e aqui vou envelhecer dona de uma placidez imbatível. Mas sei que minha alma é tal qual um personagem do Camus. A praia linda, reluzente, a areia alva e macia, e minha vista ofuscada pelo sol, o peito em desalinho, uma arma nas mãos. Desastre. É o que trago comigo desde o berço. A fatalidade me embalou o sono infantil. Talvez o que eu goste mesmo é do drama. De viver entre os abismos escuros, nos altos penhascos das minhas reflexões. Mas está tudo muito claro agora. Por isso me assusto. Pois não me ensinaram a estar em regozijo. Acho que não se escreve muitos livros sobre plenitudes serenas. Já sobre as guerras..., olha, não quero mais ter medo. Nem andar no mundo tão órfã e tão aderente a todas as coisas. Queria criar uma crisálida sobre mim, uma pele que fosse. A vida me abraçando, entende? Pronto, e então já não sou mais um nervo exposto a andar pela rua. Quero a simplicidade de quem sabe. Me ensina a saber, Francisco? Me ensina? E também a dormir. À noite o meu mundo é turvo. Tantas almas me visitam. E por isso acordo exausta. Difícil dar voz a tantos argumentos. Sabe quando uma criança dorme pesado? Seu peito, e quase seu corpo inteiro, infla e desinfla e ali ela não é nada além de terna obediência. O mundo é um lugar seguro, e por isso ela dorme. Quero dormir assim. E não ter tantas palavras dançando por baixo das pálpebras nem essa comichão nos dedos.

Mas os dias são assustadoramente belos na tua terra. E por isso, porque Deus – o teu e o meu – quer, é que faço as pazes contigo. Contigo e com o teu povo. Devo te lembrar de que, apesar de ser isto um livro, a palavra aqui não possui importância alguma. É algo além dela que quero expressar. Mas não consigo. Não consigo. Veja que nada entendo sobre essa mão possessa que me toma. Sou filha de uma terra dura, árida. Na minha cabeça ainda aquela lenga-lenga aborrecida: "Do sertão vim, lá volto mais não...". O agreste ainda mora nas ruas asfaltadas da minha cidade natal, hoje grande metrópole. O cangaço agora é hábito revisitado nas gangues de subúrbio. Venho de uma terra onde o sol impera. Onde não chove, onde o gado morre, e leva semanas para morrer, e canta um murmúrio antigo na porteira da cerca, pois sente que vai morrer. Não há comida, nem água. Ele sente que vai morrer e canta. Por que te falo de coisas tão distantes, Francisco? Por que insisto em ligar os dois pontos? Em construir com esses braços frágeis uma ponte entre tua terra e a minha? Conectar os ares frescos da tua Europa ao bafejo quente da minha pátria? O grandioso e terrível sertão. A morte por trás, um futuro incerto à frente e um sol gigante sobre a cabeça. Sou filha de uma terra expulsiva, meu querido. Já nasci em fuga. Por isso esse olhar perdido. Por isso esse ar urgente. Sou filha de uma gente andeja. Nasci em dia sem crepúsculo. Sem ontem e sem amanhã. Por isso essa minha sede de céu. Te falo tudo isso porque não se pode falar de amor entre dois seres sem que um conheça a origem do outro. É uma violência abrir o teu corpo para um estranho sem saber se ele possui alguma empatia com a tua história. E agora que te conto sobre a minha trágica origem, sobre essa minha essência machucada, me sinto nua e poderosa. Não é bonito isso?

Hoje vou te revelar um acontecimento que mudou o rumou da minha existência. Um dia desses, dia que não sei precisar, andando pela praia encontrei um místico. E ele me disse que era chegada a hora de ser iniciada nas grandes coisas. Ele pediu que, a partir desse dia, nos encontrássemos sempre. Então, como sabes que eu aquiesço a tudo que é mistério e encanto, eu o obedeci. Todos os dias, chovesse ou fizesse sol, eu encontrava um momento para ele. Às vezes de manhã cedo, quando o frio ainda machucava os ossos e os pingos grossos das chuvas do outono ainda me feriam o rosto. Em outras, no final da tarde, quando o sol já havia realizado o seu milagre de levar ternura à pele dos homens. E assim mantivemos nosso treinamento por longas semanas. Eu, ele e os meus pensamentos, nessa mesma liturgia que é o escrever. E, assim sendo, nos tornamos sagrados um para o outro. O nome dele eu não conto. Isso possui pouca importância, mas o que ele me ensinou em coragem e desprendimento foi de uma grandeza surpreendente. Por causa dele deixei de usar máscaras. Descobri que elas pesam a fisionomia e oprimem o peito. Também me ensinou a arte de levitar sobre as ondas pequenas, essa espuma frágil que as vagas produzem no final da sua saga, desde quando ela é um gigantesco pulsar no fundo do oceano, ao seu avolumar-se nas encostas assustando os banhistas e maravilhando os surfistas, até o momento em que ela se estraçalha nos rochedos. E então o que sobra é suave murmúrio. Espuma leve cuja extensão de vida depende da generosidade do vento ou dos pés das crianças que brincam na praia. O místico me ensinou a ser murmúrio, Francisco. Me ensinou a andar por esse mundo de modo quase imperceptível. É tão libertador ser pequeno e quase invisível. Quando estamos assim, envoltos por essa paz, é então que o reino do encanto começa a se comunicar conosco. Seres de formas incompreensíveis nos visitam os olhos, anjos passam a brincar sobre nossos cabelos. Mas não quero dizer aqui que decantei para um maravilhamento infantil. Continuo a mesma mulher que sangra e que chora. E que se espanta com o mundo que a cerca. Mas agora, além da tormenta dos dias e do peso das minhas densas reflexões, tenho também a paz do desprendimento. Isso tudo é como um ópio bem-vindo. Bem-vindo porque é natural, conquistado talvez a custo da minha sanidade. É uma letargia atenta, doce, terna. O místico não exige nada. Apenas que sejamos honestos. Eu fui. Talvez por isso ele tenha ficado tanto tempo comigo. Mas chegou o dia então que ele partiu. Eu sabia que ele iria partir. O místico surge apenas para nos iniciar no processo. Depois a estrada é com a gente. É sempre com a gente. A sua partida foi numa tarde escura, de nuvens grossas e ameaçadoras no céu. Estávamos em praia aberta, sob o risco de relâmpagos, mas não tínhamos medo. Os místicos sempre sabem que na escuridão mora grande quantidade de luz. E eu aprendi que, dentro da tempestade, deuses e demônios lutam para o bom avançar dos homens. No final tudo é sempre paz, Francisco. Nessa tarde ele me disse que partiria e que me visitaria apenas em sonhos, se assim eu permitisse. Pediu que eu continuasse a caminhada e que eu jamais perdesse a luz que mora em meus olhos. Me disse também o quanto eu era corajosa. E não me prometeu paraísos. Tampouco me disse que a iniciação me salvaria de intempéries ou aborrecimentos. Confirmou apenas que a partir daquele dia eu veria tudo com mais clareza. Mas que aquilo era fruto da caminhada, e não de generosidade divina. "Os homens levam do mundo o tanto de sal e açúcar que desejarem. Basta apenas que saibam fazer a justa alquimia". Acrescentou. Mas não sei se transcrevi com clareza essa sua última frase. Nunca consigo reter totalmente o que me dizem. Assim como não consigo lembrar o formato do seu rosto. Apenas seus olhos me são inesquecíveis. Ah, ele me disse também que a partir daquele dia eu sentiria em dobro. E que por isso eu deveria ter cuidado. Mas isso eu já sabia. E fiz de conta que não, pois não queria aborrecê-lo. Ele pediu que eu caminhasse de volta pra casa pela praia e mantivesse os pés na areia úmida e que não olhasse pra trás. Assim o fiz. Mas eu soube o exato momento em que ele desapareceu. E ele me deixou um amuleto. Um colar com uma pedra da qual não me lembro o nome. Acrescentou que no dia em que eu o perdesse eu entenderia então o porquê de todas as coisas. E que isso poderia ser bom e ruim. Dependeria sempre do meu estado de espírito. Guardei suas palavras comigo e também a convicção de seus olhos. Mas confesso que, com o passar dos dias, me esqueci do místico, assim como esquecemos de tantas coisas para sobrevivermos à vida prática. Embora eu carregue sempre seu amuleto comigo. Às vezes toco nele como se fosse um instrumento de consolo. Sempre que a realidade se torna muito dura, ou a noite muito escura, eu me lembro dele e daquela tarde de tormenta na praia onde a sua voz e também a minha eram de uma serenidade assustadora.

Hoje acordei com uma vontade imensa de entender a vida. De ir até esse lugar onde tudo se explica. Quero ir para onde a castidade das horas me alcança. Quero o silêncio santificado. Quero a placidez dos dias santos. Quero a beleza dos dias cheios de cor. Sabe, Francisco, às vezes o mundo inteiro desbota.

Então tudo passa a respirar entrecortado. Tudo é uma agonia silenciosa, de uma letargia moribunda. É como se uma quase morte tomasse conta dos nossos músculos. E então nos arrastamos por essas terras tão alheios ao nosso destino, tão sem saber para onde ir. É terrível quando nossos passos tateiam o nada. É tão alto esse abismo em nós. E em dias assim, sem encanto e sem asas, tudo o que fazemos é cair. E cair dói mais que chegar ao chão. Pois chegar ao chão seria o fim. Ou o fim de tudo aquilo que já conhecemos. E isso seria por si só um alívio, um chegar. Mas andar assim em direção ao nada, em direção a um horizonte incerto, é assustador. Mas me movo. Sempre. Mesmo com medo. O que não posso é estar à sombra. Quero o sol das coisas. Quero a visão ampla e perigosa. Quero a vertigem dos deuses. Sou como o rei do jogo de xadrez. Anda pouco, mas é fatal. Cada movimento conta em escala impressionante. A minha pulsão escópica, o modo com que o mundo entra em mim, meu sistema bioquímico primário. Tudo isso em mim é superlativo. Estou sendo complexa eu sei. Mas nunca o complexo me pareceu tão simples. Vou dormir. Essas reflexões me cansam. E sei que canso também o meu interlocutor. Mas ser extrema é um modo de te tocar. Vou dormir. É melhor que eu durma.

Um ano na tua terra. Um ano aqui e ainda não entendi a que vim. Aqui passei um verão inteiro, e um longo inverno em que eu cansava os pés nessas calçadas estreitas e escorregadias rezando para não cair e quebrar os ossos, rezando por um pouco de sol e afeto. Dias em que respirar ficava difícil, que continuar ficava difícil. Mas eu continuei. Tive que me adaptar a luz intensa do teu mundo, ao azul que corta as retinas, mas que também afaga o coração. Tive que me render aos imperativos de um trabalho estafante e odioso. Trabalho que me tirou o sono, a saúde e quase a capacidade de raciocínio. Tive que viver só. Sim, há muito não vejo aquele homem. Há muito não vejo homem nenhum. Meu corpo de novo foi se fechando, se curando. Cicatrizando as marcas de seus invasores, criando novas células, novas possibilidades. Estou mais forte, decerto. E mesmo assim minha pele não endurece. Não deixa de absorver o mínimo que seja. E isso cansa. Mas estou ciente de que essa é a minha natureza. Não posso mais mudar o curso da minha história. Sou o que foi dito que eu seria séculos atrás. Essa coisa de saga é apenas para acariciar a minha vaidade e me dar uma leve sensação de que tomo a vida pelas mãos enquanto sei que é ela quem me toma e me leva enquanto eu fecho os olhos quando a montanha-russa fica vertiginosa demais. Sei que voei alto. Que voo alto. Talvez eu seja viciada em vertigens. Mas pensar sempre foi meu maior ato de bravura. E não posso negar aos olhos as paisagens que eles almejam. Um ano na tua terra. O inverno partiu e o sol volta a nos abençoar os dias nos tirando a cortina de medo das retinas. A primavera é de uma arrogância arrasadora. Eu gosto. É um chamado escandaloso para a vida. E vejo que somos e seremos sempre esse ciclo interminável. Dor, perda, desespero. E depois arrebatamento, vontade, entrega, paixão. E essa água em mim não cessa. Não importa o que façam. Eu que chorei os dias cinzas, agora me vejo de novo colorindo o rosto e sorrindo.

E querendo viver. Viver é bom, Francisco. Ainda não aprendi, mas é bom.

Levantei-me da cama cedo hoje. E estou feliz. Dona de uma calma absurda, de um andar pacífico e um quê de fatalidade nos olhos. Mas ninguém notou. Pouca gente nota essas coisas. Saí de casa cedo para ir à praia, como gosto. Cedo, com o mundo ainda a se espreguiçar. Essa hora em que o vento ainda boceja e mal sabe para onde vai soprar. Gosto dessa hora. Chego à Cascais no trem das 9h30. É perfeito. Assim consigo tomar o meu desjejum no meu café preferido. Nas mesinhas de fora, disputo espaço com alguns pássaros ávidos por um pouco de pão. Meu desjejum é um café longo e descafeinado, um *croissant*, um suco e o jornal do dia. Jornal que mal leio, mas que gosto de ter por perto. Sorvo preguiçosamente o líquido quente. Um bocado de vida entra em mim. Olho em volta, alguns passantes curiosos, os comerciantes abrindo suas portas, pendurando as toalhas e as coloridas saídas de banho na frente de suas lojas. Vou sorvendo tudo em um tempo letárgico e bom. O café, as lojas, os vendedores, essas polaroides precisas do dia. A vida inteira é feita de sonhos, do encanto que damos a ela e às suas pequenas horas. O colar que o místico me deu me coça no alto do peito. Tem sido assim nos últimos dias. Como se a pedra esquentasse. Algo que traduzo como alergia ou um chamado, dependendo do estado em que me encontro. Chego à Praia da Rainha, uma baía pequena e acolhedora, perfeita para nadar. Principalmente pra mim que nado pouco. Gosto dessa praia. É familiar, tranquila. Aqui posso ficar o dia inteiro lendo, escrevendo, nadando e secando meu corpo ao sol. Arrumo o meu guarda-sol. Um grande *ombrellone* vermelho que comprei em uma feira. Gosto dele. Vermelho como um ponto de exclamação e entusiasmo em meio à areia branca. Leio um pouco, mas a leitura não me toma. Escrevo um outro tanto, mas o que produzo não me convence. Cochilo um pouco na cadeira. Espero que o sol fique mais alto e esquente o meu corpo e depois disso entro no mar com mais vontade. A água é fria, bem fria, mas já estou acostumada. Boio de barriga pra cima admirando o imenso céu azul. Alguns barcos pequenos, mais à frente de onde estou, me acompanham o balanço. Ao longe, gaivotas brigam por algum resto de lanche esquecido na areia. Olho para as casas na encosta, em uma delas, a minha favorita, um imenso *bougainville* de cor vermelho brilhante. Adoro essas primaveras. Todas essas coisas que vejo, todas essas cores me enchem de vida. E me pergunto por que preciso ser tão pouco razoável se o mundo por vezes pode ser tão completo, tão cheio de paz. Gostaria de prometer que jamais iria duvidar das coisas belas. Mas nessas horas me torno piegas demais e qualquer promessa que fazemos nesse estado nos soará estranha e impossível na terra firme das coisas reais. Mas estou em êxtase, te digo. A água e o céu me acolhem com uma doçura incrível. A vida me tem sido boa, Francisco. Apesar de tudo. É fim de maio e já posso nadar. E estamos na Europa. Me diga se isso não é um bom presságio? A tua terra é generosa. É sim. Dou mais algumas braçadas ainda de costas, com os olhos fechados, e decido voltar para a areia. Nunca vou muito longe. Fico sempre onde não sinto apoio para os pés, mas que sei que com poucas braçadas posso ficar de pé sem esforço. Olho para a praia, outros *ombrellones* se juntam ao meu. Logo ela estará mais cheia de gente, de risos e exclamações infantis e recomendações preocupadas de pais atentos. Me preparo para nadar até a areia quando me dou conta de que o colar do místico me escapou. Eu devia saber que nadar com ele não era uma boa ideia. Olho em volta e não vejo nenhum sinal dele. A pedra deve tê-lo feito afundar. Mas ela era tão pequena e envolta em uma espécie de ráfia que insisti mais um pouco na procura. Ele poderia estar boiando a poucos metros de mim. Nado um pouco para os lados. Não encontro nada. Estou para desistir quando um lampejo me alfineta os olhos. Lá está ele, perto de um dos barcos ancorados, a pedra pequena brilhando como um chamado. Me pergunto se devo ir buscá-lo. Afinal é a mesma distância entre o lugar que estou e a praia. A única diferença é que nadar em direção à praia é sinônimo de pisar em terra firme, enquanto que nadar para o mar é sinônimo de águas ainda mais profundas. Fico nesse dilema por alguns segundos, e decido ir até o colar. Posso descansar um pouco em um dos barcos e assim recuperar forças pra voltar. Nado em direção a ele num misto de medo e excitação. Afinal o que pode ter de tão interessante nesse colar? O místico me havia dito que eu receberia uma grande revelação. Talvez seja esse o dia. Talvez seja essa a hora. Dou algumas braçadas e os barcos parecem estar mais longe do que havia calculado. Parece que isso acontece quando estamos na água. Não podemos medi-la em passos, eu devia saber. Boio um pouco para descansar o corpo, e volto a nadar. Com um pouco mais de esforço do que previra, chego até um barco. Descanso o corpo, o coração a mil por hora. Olho para o céu. Ele está azul e o sol brilha. É um dia lindo e estou feliz. Sinto-

-me como criança novamente. Criança que mede o risco de suas aventuras com a metragem do sonho. Um sorriso largo se desenha no meu rosto. É bom ser criança. Respiro fundo, me sinto descansada, pronta para voltar. Viro-me para pegar o colar e descubro que ele não está mais lá. Olho em volta, fico furiosa por ter feito todo esse esforço pra nada. Procuro um pouco mais, e o vejo mais adiante, depois dos barcos, depois da arrebentação calma daquela baía. Decido ir até ele. Devo precisar de duas ou três braçadas no máximo. Mas quanto mais avanço, mais ele se distancia. E quando canso e penso em voltar, ele para e me desafia. Eu tinha um cachorro que era assim. Quando se soltava da coleira, corria com todas as suas forças para o meio da rua e, se eu parasse de o perseguir, também parava e ficava me olhando. E, a qualquer movimento meu, ele retomava a corrida. Era exaustivo e eu ficava furiosa com ele. E agora o colar estava fazendo isso comigo. Eu deveria decidir se o vencia ou se desistia. Dei mais algumas braçadas e ele parecia nadar na mesma velocidade que eu, só que em direção contrária. Insisto mais um pouco e decido voltar. Que estupidez essa coisa de místico, essa coisa de colar! Como somos movidos ao mistério, como o oculto nos encanta. Quanta bobagem. Esqueço o colar e penso no dia lindo que me espera. O meu *ombrellone* vermelho, meu livro e meus óculos favoritos me esperando na cadeira. O colar sumiu de vez. Deve ter afundado finalmente. Pronto. O papel do místico foi cumprido. Ele me fez ver a importância das coisas simples e depois sumiu no fundo do mar, envolto em mistério e encantamento. Pronto. Está consumado esse episódio em minha vida. Seu rosto e sua voz tomariam a mesma forma indefinida das coisas também indefinidas e inexplicáveis. E tudo isso deixou de ser interessante pra mim. Agora ele era apenas um homem que encontrou uma mulher na praia e lhe contou um monte de asneiras. Talvez estivesse apenas flertando comigo. E eu dei ao seu rosto, ao mar e ao nosso entorno e às nuvens de chuva um encanto que não existia. Rio da minha insistência em alinhavar o indizível. De tentar traduzir absurdos. Vejo que minha vida inteira tem sido uma grande busca pelo maravilhoso. Descubro que tenho temido aceitar que a vida é medíocre e que todos somos irrelevantes. Por isso os livros. Por isso todos esses questionamentos. Por isso essa busca tão desenfreada. Decido então que é hora de parar. Parar de questionar e apenas viver. E é com uma sensação de conforto da descoberta de mim mesma e dos mecanismos que construo para lidar com a vida que decido retornar à praia. Dou algumas braçadas e boio de barriga pra cima quando canso. O mar azul, o sol lá em cima e as *bougainvilles* ao longe me acompanham o retorno. Já ouço o riso das crianças que correm na areia. Penso em almoçar um peixe grelhado na manteiga e uma salada de lulas com azeite, pimentas e limão. E depois uma sobremesa no café que fica do outro lado da rua. Abro os olhos e vejo que o sol se nublou. Uma nuvem pequena, mas insistente se coloca na frente dele. Não gosto disso. Não gosto quando o céu fica escuro quando estou na água. Porque parece que todas as coisas misteriosas que moram no oceano tomam vida. Tenho medo. Tento ficar de pé e descubro que meus pés estão bem longe de tocar a areia. Ainda estou de alguma forma longe dos barcos, que por sinal também não ficam tão perto da praia como eu pensava. Nado um pouco mais e vejo que não avanço nada. É como se não saísse do lugar. E se paro, os barcos vão ficando ainda mais longe. E a praia mais ainda. Só posso ter entrado em uma corrente. Tento avançar mais uma vez até algum barco, mas nada. Vou ficando cada vez mais longe e tudo vai ficando pequeno. Me desespero um pouco, mas lembro que isso só faria eu me afogar mais rápido. Tento manter a calma e boiar. Quem sabe uma corrente me leva em direção aos barcos ou até mesmo às pedras? De lá ficaria mais fácil chegar até a praia mesmo que eu me arranhasse um pouco. Fico imóvel por longos minutos tentando encontrar em mim calma. Olho para a praia mais uma vez. Meu *ombrellone* vermelho é só um ponto distante. Não há nada de muito exclamativo nele. Uma lágrima me cai dos olhos. E se consigo distingui-la é porque ela é quente e o mar está insuportavelmente frio. E nesse momento sou como aquela criança que se perde da mãe na estação de trem. Que descobre que foi longe demais. Sei que não terei forças para voltar. E que ninguém ouvirá o meu grito. E então todo esse lindo mar azul se torna, em questão de segundos, o meu leito de morte. Sendo que a morte não me pega de surpresa. E te afirmo que isso é algo terrível de sentir. O que devo fazer, Francisco? Me ajuda a preparar a minha última oração? Porque curiosamente eu não tenho mais medo. E vou te dizer por quê. Me acalmo e te digo. Paro de bater os pés e me cansar em vão. Boio nas águas e decido falar contigo. E também prestar contas ao Grande Homem. Adianto que não posso assegurar que o que a minha mente produz agora tenha alguma valia, mas te descrevo:

Olha, às 14h45 de uma tarde tranquila, eu vi Deus. E ele não é como imaginamos. Vou te dizer como Ele é. Não. Melhor Não. Que cada um dê água à própria imaginação e crie o seu próprio Deus. Descrever o meu Deus seria impô-lo. E a minha imaginação não impõe nada. É tão perigoso assim uma mulher ser livre? É. Eu sei que é. Vou te contar então como termina esse livro.

Por falta de entendimento é que massacramos. Me dou conta disso só agora. Ninguém forja o seu destino. Seguimos como espectadores perplexos diante da vida. E eu mais ainda. Pois nasci destinada à um romantismo fatal. O que quero, o que busco é o tempo perfeito. Um tempo vivível, assimilável. Um tempo em que o pronome possessivo não saia mais da minha boca. É possível isso? Os indígenas não sabem dizer "minha casa", "minha mulher", "minha arma". Isso é para eles um conceito abominável. O que houve conosco então? Por que andamos cansados e oprimidos pela ideia de pecado e pela ideia do ter? Por isso me entrego ao mar feroz. Para que essa agonia acabe. Para que esse livro acabe. Mas ele não quer acabar. Nada quer ter um fim. Nem o livro, nem a agonia. Mas termino. Quero terminar. Devo ser rápida e eficaz. E estou quase terminando de te escrever quando finalmente descubro: estou no deserto novamente. E sangro.

Essa longa missiva perde então o tom pessoal. Agora não falo mais de mim. Nem de você. Falo do mundo e de todas as coisas que nele se escondem. Da minha boca sai o cio morno das palavras que se deita sobre todas as coisas. O mundo inteiro descansa fertilizado pelo meu verbo. A palavra contínua me adianta o passo. Uma após outra, constroem um futuro novo. A palavra é o porvir do homem. A perpetuação de si mesmo, o seu pacto com a eternidade. Por causa dela os homens existem. E por causa da escrita, outros sabem que ele existiu. Termino. Dou apenas mais dois passos. Ou dois mil. Que diferença faz agora? Estou para terminar e subitamente descubro outra coisa: a vida é o prelúdio encantado e ingênuo da morte. É isso. Peço desculpas por não te trazer nenhum alento. Sei que meu verbo tem sido áspero do começo ao fim. E sinto muito por chegar tão tarde. Por não chegar a tempo em teus braços. Agora os meus beijos já não atravessam mais o oceano. Agora que não tenho mais em mim a força de mil homens. Agora que o meu peito é só vertigem e queda. Que o vento levou as flores dos meus cabelos. E sei que é por essa falta, pela falta de ti, que tenho caminhado descolorida e trêmula. E não sei onde nem quando parar. Mas caminho. E preciso te falar ainda sobre esse grito abafado no peito que não nasce, mas que também não cala. Te falar sobre o vento frio que corre por esses lados do Atlântico. Que corta as palavras no meio e nos faz vagar pelas ruas roucos e pela metade. Te falar das tardes vazias e curtas em que meus pés perambulavam por ruas estreitas e meus olhos se perdiam no Tejo, em busca, quem sabe, de alguma caravela em atraso. E quero também te dizer que temos navegado a esmo. Os horizontes estão cada vez mais distantes. O mar cada vez mais íntimo de nossas retinas úmidas e confusas. Quero te advertir que a visão do poeta será sempre turva. Que a subida se torna cada vez mais íngreme à medida que avançamos. Que o nosso gesto se desbota nas bordas do tempo. Como o aceno débil de uma mão também débil e sonhadora. E quero te afirmar que a poesia não salva nada. Apenas nos torna menos cínicos. Mais humanos, talvez. Nem sei por que quis te falar essas coisas. Mas quis. Me dou conta de tudo isso. E só então é que durmo.

Acordo. Continuo no mar. Continuo boiando. O peito aberto para o mundo. As pernas leves e o rosto, para a minha surpresa, sereno. E não vejo mais a praia. Onde estou, Francisco? Não importa. Sabe, depois que alguém se lança assim na vida, ao desvario da vida, ao desvario bom, veja bem, a aventura se torna tão louca, tão deliciosamente louca que não se sabe mais onde se vai parar. Olho pra trás e vejo quanta vida construí e vivi. Que saga. Quanta beleza. Que maravilha de vida! E o mais inebriante é saber que depois de ter feito o salto não sabemos onde isso pode dar. As paisagens são sempre amplas. É largo o voo daqueles que não se curvam ao óbvio. Que ouvem com atenção e ardor os chamados mais delicados e potentes da sua alma. É nobre ser fiel a si mesmo. Nos tornamos nobres quando honramos o que somos. É alto o preço, sem dúvida. São poucas as estalagens adaptadas àqueles que sonham. E pelo caminho encontra-se muita resistência. Mas não há violência que nos tire a clareza dos olhos. É como me sinto agora. Clara e luminosa. E febril. Sempre febril. Das penumbras da Idade Média ao Iluminismo existem verdades e descobertas incomensuráveis. E a mim parece que coube conhecer todas elas. Todas as verdades do mundo. E as mentiras também. É muita coisa pra assimilar. Por isso tenho nadado. Nadado pra longe. E nem sei nadar tão bem assim. Mas o mar ajuda a quem não teme suas águas.

 Estou nadando. Na verdade, acho que estou apenas boiando. Engulo um pouco de água. Meu corpo tem frio. "Tenho sede". Pronuncio essa frase com a mesma dramaticidade do homem na cruz. Minha vaidade não tem limites. Da praia, imagino que pessoas gritam o meu nome. Já pensavam em preparar a minha missa de sétimo dia. Imagino que as pessoas acenam e gesticulam afoitas. As pessoas gostam de ter um drama para presenciar. Sou uma fatalidade, Francisco? Sou. E gosto de ser. Por falta de compreensão é que temamos. Por causa dela matamos. E somos mortos. E a minha morte se aproxima. Eu sei e sinto. Mas não luto. Agora apenas flutuo. As gaivotas se afastaram. Na frente do sol uma sombra imensa me cobre. Penso em algo extraterreno. Mas não. Infelizmente não. Um barulho alto me fere os ouvidos. Um helicóptero salva-vidas me procura nas águas. Ouço vozes graves. Por que o mundo é sempre tão ruidoso, Francisco? O silêncio é tão bom. As ondas me cobrem, me escondem, me protegem do mundo lá fora. Aqui há um silêncio furioso. Eu nada temo. Basta que eu acene, que eu levante os braços, que eu grite por socorro, que eu grite por vida. Mas eu não consigo. Ou não quero? Meu espírito gesticula, mas os meus dedos estão imóveis. Minha boca também. Ela agora fala uma língua incompreensível. Você gostaria de ser reanimado caso tivesse um enfarto, Francisco? Ou um aneurisma? Eu não. Não posso imaginar a minha potência de vida encurralada em um corpo inerte. Não quero o meu pulsar divino ligado a máquinas. Quero a liberdade das coisas drásticas e belas. Dolorosamente belas. Essas coisas não pedem licença para existir. Apenas são. Apenas são como são. Como eu sou agora. Estou prestes a dormir. Esse sono que busco tem sido desejado desde que meus pés eram ainda pequenos e incertos. O barulho fica distante. Assim como eu ficarei distante. E serei apenas uma lembrança esmaecida, uma fisionomia anônima em meio a pressa dos homens. Tenho saudades de casa. Mas não sei mais onde é minha casa. Acho que durmo. É bom fechar os olhos e não sentir nada. O mar briga, se agiganta e vocifera tão alto que fico surda. Mas não me desespero. Permaneço e acolho. Meu desastre é místico. Eu gosto dele. Durmo. Da praia eu lembro apenas do meu ombrellone vermelho. E os acenos ficam distantes. As pessoas deixam de existir. Não ouço mais as vozes das crianças. O mar me abraça e finalmente ele está morno. O que é uma raridade para esses lados. Devo ter cruzado a fronteira entre a tua e a minha terra. Daqui vejo os navios afundados. Os corpos dos corsários ainda em decomposição agarrados aos seus baús cheios de ouro. As índias mortas, as pretas prenhes jogadas ainda vivas dos navios negreiros. As cartas cheias de surpresa e mentira dos teus patrícios aos patrocinadores de suas navegações. Seus testemunhos mais violentos e mais belos sobre a expedição ao Novo Mundo. A minha terra e a tua se digladiando. A minha terra e a tua em paz. Nossos dois rostos se encontrando. Não foi uma descoberta, Francisco. Foi um encontro. Nosso encontro se dá aqui. Você não é algo que eu possa tocar, mas que sinto com imensa voracidade. E não somos uma metamorfose. Somos um voltar pra casa. Nado. À frente vejo meus verdes mares. Logo atrás, ainda sob o alcance dos meus pés, a costa azul da tua terra. Tua Cascais, teu Algarve. Tuas falésias ocre e marfim se misturam ao branco cintilante das minhas dunas. As lanças do meu povo contra os trabucos dos teus navegantes. E essa maldita mania da tua gente de nos oferecer espelhos. Não quero o reflexo de nada. Não preciso ser abduzida para o teu mundo de ilusões. De que me serve a Corte refinada da tua Lisboa se na minha terra o sol e o céu são meus? Inteiros meus? Mas estamos juntos. Somos um só. A minha doçura contra a tua truculência. O canibalismo da minha tribo contra os teus antropólogos. Quem vence? Ninguém vence. O mundo inteiro é uma descoberta. Descoberta dessa síntese que agora somos. Dessa paz que conquistamos a preço da guerra de nossos ontens. Dos corpos da nossa gente enterrados nas igrejas. Ou nas matas. Tudo já foi celebrado. Tudo foi dito. O rito foi cumprido. Os espectros de ontem sorriem. Enquanto os anjos de amanhã esperam ansiosos o seu turno para maravilhar o mundo. E escandalizá-lo também. Porque é assim. Veja, em meu ventre carrego teus filhos. Filhos que falarão língua nenhuma. Em suas íris toda a compreensão e expressão possível. Eles conseguirão o que não conseguimos. Continuarão o que começamos. A verdade sem artifícios. A clara luz nos olhos. Eles conhecerão a hora que perdemos. O minuto que escapou de nossas mãos bárbaras. A hora mais pacífica. Agora entendo porque tive que nadar tão longe e tão em alto mar. Os amuletos são meras desculpas. As religiões também. O sagrado sempre esteve ao alcance de nossas mãos. A hora mais sagrada é aquela em que morremos sem lástimas.

A hora em que nascemos sem choro. Sim. De hoje em diante, por causa da minha bravura, as crianças nascerão sem chorar. Nada lhes será espanto. O útero e o mundo serão o mesmo lugar. Esse é o meu decreto. Como o ventre de minha mãe, que me carregou e que agora sinto à minha volta. A grande bolha do mundo. Um universo inteiro de silêncio. Ouço seus batimentos cardíacos, que são os mesmos de um vulcão insone. Mas que são cheios de paz. O grande silêncio. As mãos macias e mornas da minha mãe a me acalentar o último sono. Seu peito alvo e doce a me alimentar. Havia esquecido o gosto do leite materno. E isso é algo criminoso para a sobrevivência de um ser. Todos deveríamos lembrar de todos os sabores da infância. E fazer uso deles nas horas terríveis.

Queria te dizer ainda, acho que dá tempo, queria te dizer que não há nada de errado em estar entregue. Ser vulnerável é um tesouro que deveríamos cultivar. A minha fragilidade diante do mundo foi e será o meu maior presente. E ainda tenho tanto pra mostrar. Tanto pra dizer. Mas a palavra nem sempre revela tudo. Por vezes o silêncio se incorpora a ela por pura generosidade. O silêncio é híbrido, e então a palavra se enche dele. Mas ela não o traduz. E não é ele. Por isso estou muda. Mas se não falo é porque o que sinto é da ordem do impossível e não da impotência. Por isso me acalmo. Pois sei que nem tudo pode ser dito. Estou agora em um tempo outro. Os satélites e telescópios mais modernos não podem escutar os sons do espaço. Eu posso. Rompi o vazio. Ouço o Big-Bang. E outro. E depois outro. E ainda outro. Minha percepção se encontra em outro estágio. E não elaboro mais nada. Me esgotaram os argumentos. Como já disseram, a palavra é uma breve ruptura do silêncio. Continuo boiando. E o sol não fere mais os meus olhos. Meu corpo está morno e dormente. Mas todo o lado de dentro dele grita e vibra uma aleluia. É escandaloso o que sinto. Da ordem do abstrato. O canto da minha mãe me invade os ouvidos. Uma música que eu já conhecia de outros tempos, ainda antes de habitar em seu ventre. Somos todos espectadores desse grande deslumbramento. Todos os dias, o escândalo da vida acontece. O céu, as estrelas no firmamento, o sol a nos matar lenta e docemente. Não há presente maior que a vida, Francisco. Embora odiemos tanta coisa, de tudo sentiremos falta. Não há presente maior que a vida. Por isso não temo morrer. O que sinto agora é uma lembrança do mundo mesmo ainda estando nele. A maldade na Terra é antiga, e a nossa bondade é recente. Nossa bondade possui uma pele fina que se machuca e se retrai com facilidade. Mas não percamos de vista o céu azul. Pois essa também é nossa natureza. A de querer que exista e que permaneça o que há de mais bonito em nós. Hoje eu entendo a minha pele. E descubro que tenho vivido sob constante prenúncio de morte. Toda minha vida tem sido um prólogo para essa grande passagem. Para esse rito que me enfeitiça, que me embriaga, que me adoça as artérias e retira o sal do meu sangue. Toda a minha vida como um anúncio para esta hora doce. A minha hora. Vejo a estrela de número trezentos mil e a reconheço como o colo de minha mãe. Morrer é tão calmo. Tão cheio de significado que se as pessoas soubessem não evitariam tanto falar de morte. Porque nada agora é triste. Estou mais alegre do que nunca. Quero o sol de todas as coisas.

Quero o sol sobre todas as coisas. O nosso encontro não se deu do modo que esperávamos, Francisco. E veja que o que somos agora não faz a menor diferença. Vai tu também e faz as pazes com os teus. Bebe o leite da tua mãe. Beija a mão do teu pai. Come as cinzas de suas conturbadas vidas no pequeno almoço. Aceita o grande ósculo da existência. E sê humilde. É tudo que te peço como sacrifício. Tudo será extremamente doce, silencioso e morno a partir de agora. Venha. Dá-me tua mão. Nascemos juntos. Morramos juntos então. A minha missão era tirar a guerra dos teus olhos. E isso eu fiz.

Enquanto flutuo vejo cores inéditas. É bom. O horizonte está longe e eu nunca estive tão perto de mim. Uma vez disseram que morrer é como uma gota de tinta que cai na água. Não é o final. Não é um corte. É uma diluição. Uma entrega. Eu sinto. Agora já é noite. Todo o meu corpo segue flutuando. Organismos bioluminescentes me envolvem. Eu não sabia que a água brilhava no escuro. Acima de minha cabeça, estrelas fazem um coro e dançam. Essa é a minha hora mais bonita. A hora mais franca. A hora mais calma. A hora mais pacífica. É bonito e me entrego. E é então que acordo. E o que vejo é de uma satisfação absoluta. Onde estou e como estou não revelo. Pois como já foi escrito, a verdade última a gente nunca diz...

Contatos: beapoetisa@gmail.com
https://www.facebook.com/beatriz.aquino.77
@beaaquinoatriz

© 2021 Beatriz Aquino
Todos os direitos desta edição reservados à Laranja Original.

www.laranjaoriginal.com.br

Edição Krishnamurti Góes dos Anjos e Filipe Moreau
Projeto gráfico Marcelo Girard
Capa Fotografias de Beatriz Aquino
Revisão Lessandra Carvalho
Produção executiva Bruna Lima
Diagramação IMG3

Dados Internacionais de Catalogação na Publicação (CIP)
(Câmara Brasileira do Livro, SP, Brasil)

Aquino, Beatriz
　　Anne B. : a hora mais pacífica / Beatriz Aquino. – São Paulo : Editora Laranja Original, 2021. – (Coleção rosa manga)

　　ISBN 978-65-86042-25-2

　　1. Ficção brasileiro I. Título II. Série.

000021-84101　　　　　　　　　CDD-B869.3

Índices para catálogo sistemático:

1. Ficção : Literatura brasileira B869.3
Maria Alice Ferreira - Bibliotecária - CRB-8/7964

Laranja Original Editora e Produtora Eireli
Rua Capote Valente, 1198
05409-003 São Paulo SP
Tel. 11 3062-3040
contato@laranjaoriginal.com.br

Fontes Janson e Geometric
Papel Pólen Bold 90 g/m²
Impressão Forma Certa
Tiragem 200 exemplares
Novembro de 2021